眼睛最美味

金智恩

林零 譯

THE EYES ARE THE BEST PART

MONIKA KIM

也許我的母親太軟弱，
妹妹又太年幼，
然而我兩者皆否……

獻給媽

1

媽告訴我，眼睛是最美味的。

當她在晚餐時俯身靠向桌子，我注視著她。她深色的頭髮整整齊齊塞在耳後，指甲修剪漂亮的手指快速且熟練地處理著面前盤中的魚。她處理過無數次了，就算閉眼也能完成。首先，她將魚剖半，以鐵筷撕開上半部，也就是頭和背鰭相交的地方，於是一整排細小得幾乎看不見的整齊骨頭露了出來。魚肉仍熱氣蒸騰，母親卻好像什麼也感覺不到。她將脊椎一扯，骨頭便整串脫離。她把骨頭放到一旁，注意力旋即回到那柔軟的白肉上。

等她處理完畢，魚已被分解得乾乾淨淨，骨頭井然有序地在她盤子旁邊的餐巾上疊成一堆。媽抬起頭看著智賢和我，臉上綻開笑容，我們都知道她要說什麼，卻仍局促地扭動。

「誰要吃眼睛？」她一邊示意盤子一邊問。魚張著大口，用空洞的眼神望著我們。

我的妹妹智賢今年十五歲，是我認識的人中最挑嘴的，連吃個番茄都會乾嘔，因為番茄的滑溜口感會讓她想吐。每次只要母親提到魚眼，智賢的臉就會發白，前額冒出一抹亮晶晶的汗水。

「才不要，」妹妹搖頭，把椅子一推、離開桌子，「我死也不吃。」

媽對智賢的反應泰然自若。

「智媛？」她問，「妳呢？妳不想吃眼睛嗎？」

我抖了一下。「不想，我真的不想吃。」

「那我就能多吃一點了！」媽露出愉快的神情，以指頭夾著一根鐵筷、刺進魚頭。智賢在我身旁發出介於驚呼和嘔吐之間的聲音，我甚至看都不用看就曉得她嘴張得多大，我也一樣；我們的表情就像一個模子印出來似的。

沒多久，媽把兩根筷子高舉在空中，讓智賢和我注視著被兩根細細金屬夾在中間的白色小球狀物。她意氣風發，一雙眼睛閃耀光芒，我們兩人還來不及阻止，她已將那東西扔進嘴裡。

「真好吃！」她高聲說道，張嘴讓我們看她的舌頭，她牙齒的銀色填補物在光中熒熒發亮，「看到沒？媽沒有撒謊，妳們不吃真是可惜了。」

🍴

這餐算是毀了。智賢和我在魚的周遭挑挑揀揀，努力躲避，把注意力改放在煮好的米飯和小菜上。我雖然知道在母親將眼珠挖出來前魚早就死了，但這動作不知為什麼好像還是太極端了。

在媽開始這麼做之前，我對吃魚從來沒有罪惡感。只要晚餐有魚，我向來都是狼吞虎嚥，骨頭上的任何一點肉我都會吸得一乾二淨。如今，我就連看到魚都會覺得自己很殘忍。牠曾是活生生會呼吸的生物，能看見、能感受、能思考……搞不好還有家人甚至朋友。

媽對於我們的低氣壓視若無睹，逕自說著話，大口大口將米飯和魚肉塞進嘴裡，然而就連嘴裡塞滿食物她也沒有安靜下來，還不時將沒嚼碎的飯掉到桌上。更糟的是，她夾了魚皮（炸得金黃香脆、還在滴油）放進嘴裡，皮在她口中嘎嘎作響。

「這是因為妳們年紀還小，」她笑著說：「我還小的時候也討厭魚皮魚眼這種東西，可能是因為爸媽老愛逼我吃吧。我們很窮，我爸媽什麼也不想浪費。他們會跟我們說有眼睛能吃很幸運，可是即便如此我還是不肯。我是一直到年紀大了一點、來到加州、遇到你們父親才開始喜歡這些——」

她突然一個停頓。沒了她的絮絮叨叨，我們之間便懸著一片尷尬到難以忍受的死寂。智賢和我用眼角餘光偷看彼此：這是兩週前爸突然離開後媽第一次提到他。

媽將瀏海從前額撥開，顫顫地揚起嘴角。她硬擠出笑容，站了起來，椅子在油氈地板上刮出超吵的聲音。「飯很好吃對不對？」她說：「我飽到肚子都快炸了。」

我點點頭，維持面無表情。「很好吃。」

她把自己的盤子放進水槽、打開水龍頭。智賢和我聽著廚房海綿在母親手中的嘎吱，以及水流沖刷洗碗槽的嘩啦啦，接著媽一句話也沒說，直接躲進房間，腳步十分輕柔。

我們的公寓很小，廚房和起居空間緊貼在一起，只要轉過轉角就能看見我們共用的那條短短走道和浴室，再過去則會看見兩間臥房，整個空間只有七百平方英尺，不管什麼聲音都聽得一清二楚：每聲低語、每個腳步、每次摩擦、每回沖水。

我一直等到媽的臥室門關上，才起身端起那隻被吃了一半的魚。它原先有眼睛的地方現在只剩窟窿，而且它還是熱的。

「妳應該沒有要吃了吧？」我問智賢，她頭一偏，瞇起眼睛盯著我看。

「當然沒有。」

我走向垃圾桶，把盤中剩下的魚刮進裡面。叉子的尖齒在陶瓷上劃出刺耳聲音，魚肉落在咖啡渣和一條條洋蔥皮上，以充滿責難的怨恨眼神注視著我，彷彿我就是辜負它的人。如果不是智賢還在一旁，我一定會說：「不是我，不是我幹的。」

直到蓋子蓋上，我才好像勉強鬆了一口氣。

2

如果要我摸著良心說，其實在兩週前我根本不知道有人會吃魚眼。這件事第一次發生時，我非常肯定母親一定是因為父親離開精神失常了。

那是爸離家的幾天後。媽傷心欲絕、整晚啜泣，即使她努力想瞞著智賢和我，卻再明顯不過。早上她的眼睛又紅又腫，鼻尖甚至擦破了皮。而且我們也全都聽見了。她的無聲抽噎與痛苦呻吟穿透薄牆、飄進我們臥室，智賢和我就睡在同一張床上，毫無睡意、望著對方。

先開口的是智賢。她的音量超小，我幾乎聽不見。她悄悄地說：「我們該說點什麼嗎？」

「不需要，」我咕噥著，「我不想害她尷尬。」

說老實話，我其實是害怕。智賢要我插手，要我扮演好姊姊的角色，也許我確實也該這麼做。可是要我走進那個地方，目睹母親頹倒在枕頭上，光想像就讓我打從胃裡想吐。我想睡覺，想對發生的一切視若無睹。每次我只要閉上眼睛，母親啜泣的音量就變得更大，充斥整個空間，直到再也沒有任何縫隙可呼吸。

智賢拿手肘推我。「怎樣？」我問。

「爸會回來的對不對?」智賢小聲地說:「他不會就這樣離開我們。」

我垂下目光注視被子。

「他絕對不會做出這麼糟糕的事,」智賢繼續說:「妳不覺得嗎?」

然而我知道真相是什麼:我們的父親不會回來了。但是即便在黑暗之中,我也能看見妹妹的表情和她額上皺出的痕跡。當我決定咬牙撒謊,感覺實在是糟透了。

「他當然會回來。」

她翻身側躺,與我面對面,咬住下唇。「妳為什麼那麼確定?」

「反正我就是確定。」

得到肯定答案後,智賢在我身旁像煮熟的蝦一樣蜷起身,腳從床邊垂下,我輕撫著她絲緞般的黑髮,直到她睡著,然後凝視著她的胸口起伏。她睡得如此寧靜安詳,我幾乎遺忘了心中的罪惡感。在母親靜下來好一會兒後我仍十分清醒,聆聽著身旁智賢的鼾聲。唯獨此時,我們遭遇的不幸才漂回我心中。

第二天晚上,母親準備了一桌大餐,完全出乎我們意料,畢竟那天早上她這麼沒精打采又委靡不振。她早早下班,跨過智賢和地上的一疊作業,花了整個下午像發狂一樣下廚做飯。汗水從她額頭滴下,她先抹掉才提高音量呼喊我們,「吃飯了!」

公寓中因為煙霧瀰漫什麼都看不清楚。我聽見母親在廚房和起居空間來來回回,然後震驚不已地發現那張長方小餐桌上放滿了飯菜，一點空間都不留。桌子中央有一只大石鍋，裡面裝滿燉牛小排肉，這是父親的最愛。旁邊有一整條炸得香脆的魚，底下的餐巾上油漬點點。我還看見醬油醃嫩豆腐，以及灑上青蔥的蒸蛋，只要一碰桌子蛋就隨之晃盪。另外還有大量五彩繽紛的小菜，全是家常料理：深綠的涼拌菠菜浸潤在芝麻油中，調過味的豆芽探出小小的黃色腦袋，蒜味蕨菜煮成土棕色——媽甚至新做了泡菜，爽脆的白菜上點綴著豔紅的辣椒粉。桌上連放手的位置都沒有，我甚至覺得桌子會被我們的晚餐重量壓垮。

這些食物對三個人而言實在太多了。但是當我看見父親常坐的位置多擺了一副碗筷，便瞬間領悟。智賢和我被一堆盤子和碗環繞，坐到老位置開始吃飯。另一方面，母親坐在椅子邊邊，假裝心不在焉地將一根湯匙拎在指間，專注地望著前門，彷彿爸隨時都會開門進來。

智賢對我揚起眉毛，然後朝媽緊繃的身軀點了點頭。我清清喉嚨，「都花了這麼多時間煮飯，妳至少吃個一口。」

於是媽不情不願地夾了一塊肉放在自己的飯上。當她埋頭吃起還冒著熱氣的大餐，我們聽見外面走道隱約響起一陣叮噹聲響：是鑰匙的聲音。媽整個人跳起來衝到門前。她站在那裡時，我屏住呼吸注視；她的手懸在門把上方，我們都在等它轉動，可是接著卻傳來一個尖銳的喊聲：

「對不起！我搞錯了！」

是那個鄰居，是那個每週至少會誤開我們家門一次、丟三落四的健忘老人。媽脫力靠在門上，雙手摀臉，唇間逸出哽咽的啜泣。智賢和我急忙跑到她的身旁。當我輕碰母親的肩膀，她猛地躲開。她轉頭看我時，我見到她小心擦上的睫毛膏從臉頰流淌下來。

智賢和我扶媽起身，帶她回到桌邊。坐在那裡的她枯萎得像一朵乾涸的花，頭髮凌亂不已。她抬起頭，先看智賢，然後看我，接著開始大笑，笑聲凌厲且令人害怕。

「妳會不會覺得我運氣很差？」媽問。

「不會，」智賢小聲回答。她很害怕，雙手用力抓著桌邊，甚至到了指節泛白的程度。「妳為什麼會這樣想？」

媽聳了聳肩，指著桌上的一大條魚。「魚眼代表好運，如果我吃一個，說不定能讓妳們父親回來。」

我還來不及說話，媽已將眼球從魚頭拔出。那顆眼球上還沾黏著些許膠狀物和皮肉。她沒有一絲猶豫，噗咚一下把那東西扔進口裡大嚼起來。智賢和我同聲尖叫。

「吐出來！」

但媽在我們的驚恐之中把那東西吞了下去，喉嚨一個滾動吞嚥下肚。她對我們的嫌惡視若無睹，逕自將魚翻了過來。「妳們看！還有另一顆！誰想吃吃看？」

智賢和我把椅子一推、遠離桌邊，豆腐因此岌岌可危地晃動。智賢的椅子往後翻倒，在地上敲出巨響。

這是那天晚上媽第一次真心地大笑，「我不會逼妳們，」她的笑中帶淚，「真要說的話我其實還慶幸妳們不吃呢。因為妳們的母親才是最需要好運的。」

3

爸離開的真正原因是有了其他女人。我之所以會知道，是因為我親耳聽見他這麼說。

那是在七月初，剛過獨立紀念日不久，城裡到處都還在放煙火。我被突如其來的碰一聲驚醒，一睜開眼正好看見窗外的整片花火，黑煙慵懶地往上繚繞。我一面發出呻吟一面掙脫糾結的毯子，把智賢橫在我胸膛的手臂移開。房裡悶熱到不行，因為妹妹緊黏著我，因此更加難耐。她不知為何沒被這聲音吵醒。我聽到外面傳來高亢的聲音，還以為鄰居又在吵架，於是抹了抹臉仔細去聽——

——我馬上發現聲音不是從外面傳來，而是從旁邊父母的臥房。現在已經過了午夜，儘管他們現在還沒睡十分正常（父親向來晚睡），但不正常的是母親的語氣。我聽不太清楚她說了什麼，可是深知狀況非常不對勁。

媽逆來順受又聽話，從來不敢和父親多作爭辯。在我們家，父親是王也是神，他說的話就是王法，我們都是他的下屬，只能對他言聽計從。

我整個人清醒過來，耳朵緊貼著牆。我把每字每句都聽得一清二楚：父親的語調有多尖酸刻薄，母親的聲音聽起來溼濡濡的，彷彿有人將她的頭壓到水底。她在哭。

「為什麼？」媽問道，「我不懂你為什麼會想走。你就不在乎我嗎？你不在乎女兒嗎？」

「我當然在乎她們，」爸反駁著說：「妳別把智媛和智賢扯進來，這和她們一點關係也沒有。」

「那你的理由是什麼？真的是因為我嗎？老公，求求你，給我補救的機會。你說得沒錯，這陣子我沒有盡到妻子的責任，我現在懂了，我可以表現得更好——我一定會表現得更好的。」

聽到他們的話，我胸口的鬱結感更是加深。我必須離開牆壁；我不能再聽了。可是我也抗拒不了強大的好奇心。爸會怎麼回答？他會說什麼話？我屏住呼吸等待。

父親的音量不大，我必須很用力才聽得到他說什麼。「我不能留下來，」他說：「我和別人在一起了。」

一陣停頓後傳來一個可怕的聲響。起初很慢，但音量和範圍卻逐漸增加，直到吞沒整座公寓。我用雙手摀住耳朵，完全無法理解發生什麼事。

母親在吼。蘊藏在她哭喊之中的痛楚極度強烈，讓我頸子上的汗毛全豎了起來。我轉向智賢，覺得她一定醒了，可是她仍緊閉著雙眼。我在她身旁的被子底下蜷縮起身體，覺得皮膚灼燙而刺痛。

我不想再聽了，我不想知道了，我只想睡去、想忘記一切。然而夜晚剩下的時間母親都不斷在啜泣。我不禁尋思躺在她身旁的父親怎麼有辦法忍受。即使我用枕頭蓋住了腦袋，拚命阻擋她的聲音，她依舊像和我睡在同個房間一樣。

4

那晚之後，兩個月過去，媽仍在等。她會鎮日在我們公寓門口徘徊。不似人類，更像是鬼。她在大門旁的鞋架與櫥櫃出沒，那地方塞滿舊外套、壞掉的雨傘，以及多年不用的聖誕裝飾。她假裝那些東西需要日日整頓，但我心底知道她是盼著能聽見父親的沉沉腳步聲，期望他會回心轉意再次回家。每每看到她這個模樣，我總是忍不住有話想說。我想告訴她「省省吧」，或「這根本沒有意義」。然而我知道說什麼都是枉然，她聽不進去。

媽習慣等候，事實上，她這輩子幾乎都在等候。

一九七〇年代，我母親成長時的韓國可說一貧如洗。國內大多人都沒有東西可吃，然而在他們一家七口居住的首爾小村莊情況特別嚴重，他們和鄰人瀕臨餓死，媽與所有手足只有兩套破爛的衣服，一天只吃得上一頓飯——甚至，與其說是飯，其實是像水一樣的稀粥。

母親的父母也面對著兩難。冬季將至，他們需要溫暖的衣服才能過冬，而且聽說這個冬天將會格外嚴寒。然而他們也需要米、麵粉、鹽和藥，因為孩子老是因營養不良而生病。可是幾乎沒有什麼工作機會，大家都找不到工作。

當鄰居家的女兒在睡夢中死去，幾乎只剩一具皮包骨的骷髏。外婆和外公得知後極為恐懼，他們在葬禮上看到屍體，就像一副掛著衣服的骨頭一樣。於是，他們意識到必須換個地方掙錢；他們別無選擇。

於是，我的外祖父母在夜半三更叫醒河俊，他是家中長子。我的這位大舅還弄不清楚狀況就先被塞了一手錢，耳邊聽見一連串低聲說出的慌張囑咐。他尚未理解發生了什麼事，父母已急忙出了家門、消失在寒冷秋風之中。沒有任何人見到他們離開。

錢不到一個月就全數耗盡，全花在糖果、雜誌等等無關緊要的物品上。他們留下為數不多的白米早已吃光，孩子也快要餓死。這其實是意料之中，他們怎麼會知道如何照顧自己？河俊不過才十四歲罷了。

冬日確如專家預測一般嚴峻，層層嚴寒冰雪重挫首爾和周邊地區，他們那間小小的鐵皮屋根本無力禦寒。孩子都病倒了，頭和身體都因高燒而熱燙，衣袖上硬梆梆地覆蓋一層黃鼻涕。河俊咳得厲害，肺也發出怪聲音。

第二場雪降下，猛烈潮溼更甚以往。河俊決定帶著弟妹跟隨父母的腳步出去找工作。他在心中認定自己與弟妹已遭遺棄，沒人會回來找他們。

其他手足表示同意——母親除外。她拒絕離開。河俊直到最後都還在和她搏鬥，抓著母親的頭髮將她拖出屋外，可是她又是踢腳又是尖叫，直到他放手。

他們離開那天，河俊哭得停不下來，他知道將她留下代表什麼，即使她年紀太小又太蠢，沒辦法理解。他離開時，每走一步就轉身喊一次。「妳確定嗎？現在要一起走還是可以的！」

「我確定。」

又走一步。「妳確定嗎？百分之百確定？」

「我確定！」

數月過去，為了生存，母親吃過雪和樹皮，有時還有兔子或老鼠，但是只有太餓才會出去抓，大多時候她都待在屋裡，因為寒冷而瑟瑟發抖。春天來時，她找到了野生青蔥、大蒜、艾蒿和水芹，煮成淡薄無味的湯；夏天，她從樹上抓來鳴叫的蟬，從木頭上採集香菇。

她奇蹟似的生存下來，雖然不是沒付出任何代價。當父母終於在秋末歸來，她已虛弱不堪，身形只有同齡孩子一半大，徒剩一副骨架，身上幾乎沒什麼肉。

我的外祖父母發現媽獨自一人，十分驚訝，也恐怕她的狀況無藥可救。她幾乎無法說話，對周遭沒有任何反應。他們最後找到了分散在南部的河俊和其他手足。當河俊看到母親，臉都白了，在她腳邊跪下。他本以為她在冬天時就已死去，將面前蒼白如屍的形體當成她的鬼魂，回來找他索命。

我忍不住想，如果媽當初跟著哥哥姊姊離開，沒有獨自留下，現在會是什麼樣子？她仍會是這個性格嗎？仍會在父親根本不想要她的情況下痴痴等他嗎？

有時，我會覺得母親這個人奇怪而且費解。當她初次告訴我她以前的經歷、提到她決定留下來的時候，我實在好想對她大吼、用力搖撼她。對我來說，她的愚蠢和天真已經超出了我能承受。

「為什麼？」我聲音顫抖，怎麼也藏不住心裡的想法。「妳就不怕外婆外公永遠不會回來嗎？」

「不怕，我完全沒有懷疑過。」

「但妳怎麼有辦法這麼確定？」

「他們是我的父母，」她用溫和的語氣說：「我知道他們一定會回來的。」

我張開嘴，壓抑不了在心中高漲的挫折。這股感受像膽汁一樣衝上來，讓我想說出一些惡毒傷人的話，狠狠攻擊她的愚蠢；我想令她自慚形穢。可是這股感受迅速化為悲傷。我覺得她可悲，因為她的每塊人生碎片都是如此不幸，而且如今仍在承受那些磨難。

她目光茫然，迷失在思緒之中，完全不曉得我因此多麼難過。但我曉得她神遊到了何處，心中又想起了什麼：她回到了那間小鐵皮屋，冰雹震天價響地敲在四壁上。那是冬天，她孤獨一人，哭泣被風聲掩沒。

有些東西你永遠也無法真正擺脫。也許就是因為這樣，當所有人早已往前邁進，她卻仍困在過去。

5

「我有一天晚上讀到一篇有趣的文章。」媽從那副貓眼閱讀眼鏡上方看著我們。她坐在沙發上交叉雙腿、腳朝著門的方向。也許智賢沒注意到這個小細節，但我注意到了。母親至少有好一陣子沒假裝打掃櫥櫃或鞋架，我暫且把這當成一大邁進。

學校在幾週前開學，我卻早被作業淹沒。我從廚房桌前的位置抬頭一望，看見桌上都是我的書和橡皮擦屑。我把屑屑從毛衣上撣掉，看著它們落到地上。旁邊的智賢單手抱膝坐在那裡，心不在焉地用另一手滑著手機，似乎完全沒聽見媽講話。

媽清清喉嚨，稍微加大音量。「那篇文章非常引人深思。」

最近母親不斷想讓我們參與一些愚蠢談話。她會講些很誇張的事情，像從網路或新聞上讀到、但凡精神正常的人都不會相信的陰謀論。那天晚上，她堅稱人類登陸月球是胡扯，而智賢和我便開始和她爭論。她好像很樂，即便這場爭論最終變成快要一小時的延長戰，最後智賢還哭了。我不曉得媽到底是太寂寞還是沒事幹，可是現在智賢和我都小心翼翼不要打開她的話匣子。

「妳們為什麼都不理妳們可憐的媽媽？」

「我沒有不理，」智賢的語調毫無起伏，頭也沒抬起來。

「我覺得就有。」

「那好吧。」

我心不在焉，匆匆翻過書頁。這學期我選了哲學四：當代倫理議題之哲學分析。這堂課並不輕鬆，內容艱深繁重。但是每次只要我一抱怨，智賢就會說我對自己太嚴格。

「好啊，」媽情緒爆發，「如果妳們兩個都不關心我，我就挖個洞跳進去等死，等我掛了，妳們就會恨不得自己對我好一點了。」

她聽起來很情緒化，帶著一絲絕望。媽講話的速度變快，骨子裡的韓國性格從她語調中滲了出來。一如往常，她的字詞之間沒有任何停頓，不給我們任何消化的空間。智賢瞇起眼。妹妹和我都很清楚，知道要是我們再繼續無視母親，她肯定會放聲大哭或爆發怒火。我嘆了口氣、放下鉛筆，抹抹手腕上沾到的筆尖黑痕。「到底怎麼了？妳說吧。」

媽的臉立刻亮了起來，憂鬱一掃而空。她往前一靠，雙手併在一起，屁股底下的沙發嘎吱作響，對她的每個動作發出抗議。「這篇文章是講一個和一百個男人約會過一百次的女人，」她說：「這是一個實驗。她想知道和哪些男人約會最爛、哪些又是最棒的。」

這激起了智賢的好奇心。她放下手機，期待地抬起頭，等媽繼續講下去。我壓下笑意。我的妹妹現在對異性十分積極，基於她的年齡其實相當合理。智賢拚命想隱藏，每次只要我問起她在學校喜歡的男生就不講話。可是她不知道的是我在衣櫃後面找到了她的日記，裡面寫了一堆某個叫「安德魯」的事情。

「然後呢？」智賢問。

「然後怎樣？」媽咧嘴一笑。

「不要賣關子啦，」智賢抱怨道，「快點說誰最棒、誰最爛？」

媽深呼吸一口氣。「她說白種男人是最棒的，韓國男人是最爛的。」

「什麼？為什麼？」我問。我看得出媽又在引誘我們加入她的荒誕對話，可是我忍不住。我也好奇。

「這不是很明顯嗎？韓國男人沒禮貌又固執、反覆無常又脾氣差，」母親噴了一大口氣，往門的方向看。「他們不懂怎麼和旁人相處，覺得自己高人一等。那個作者說，她約會的韓國男人先騙她請了一頓晚餐才用電話分手。」

「我覺得那根本不能代表什麼，」我小心地挑選用詞，不想惹她生氣或和她吵架。「只不過是一個糟糕的韓國男人，不代表所有韓國男人都是爛的。」

「他們就是爛，」媽嗤了一聲，「妳可以隨便去問，妳想想我在雜貨店的同事：老公沒一個好貨，全是一無是處的混蛋。妳知道這些人有什麼共通點嗎？他們都是韓國人！」

「但是她實際上到底約了幾次會？」我中途打斷她的大聲嚷嚷，「如果她只和一個韓國男人約過會，就根據那一次經驗說所有人都很爛，不覺得有點怪嗎？她為什麼可以預設那一整個群體的人都一樣？就像大家只因為我是亞洲人就說我數學一定很好、我一定不會開車……」

「妳真的不會開車。」智賢說。我狠狠瞪她。

媽臉一沉，雙手交叉在胸前。「妳就不能站在我這邊一次嗎？」

我搖搖頭，智賢識相地改變話題。「我很好奇：為什麼白男是最棒的？」她說。

「妳不會真相信這種胡說八道吧？」我問。

「姊，讓她說，我想聽。」

媽對她粲然一笑，「我的好孩子，」她先討好才繼續，「那個作者說白種男人最有禮貌、最體貼，他們很懂得聆聽，也願意誠實說出自己的感受，而且不帶任何攻擊性。他們會問她想去哪兒，不會為了一些蠢事和她爭吵。有的人甚至第一次約會還會送花給她。」

「好老派喔。」智賢說。

「妳現在是這麼說，等妳長大了就會懂了，」媽把眼鏡往上推，一臉容光煥發，前額冒出一片汗珠。「相信我，到時妳就會想收到花了。總之，妳們聽過對女友或老婆不好的白種男人嗎？因為我完全沒聽過！」

「這太荒謬了。妳連一個白男都不認識。」我說。

「不對，我認識很多，有幾個有時會來雜貨店買東西。他們不但人很好，還很帥，個子又高。」她舉起一手比畫著高度。

「這只是一種投射。」智賢說。

媽不曉得投射是什麼意思，但知道絕對不是好話。她扁起嘴，下巴開始顫動，眼裡盈滿淚水，突然之間放聲大哭。智賢和我嚇得跳了起來，面面相覷。

「妳們為什麼都不肯聽？我為妳們著想難道是不對的嗎？」媽高喊著說：「我身邊就只剩下妳們了，我只是想好好照顧妳們兩個，讓妳們遇到對妳們好的人。我不希望……不希望這種事也發生在妳們身上。」她一把將臉摀住、往前一趴。「我已經老了，是一個不會有人愛的醜女人，我到死都會孤孤單單的。我就不該嫁給妳們爸爸……我應該耐心地等……應該找個好白人。這樣我就不會落到這個地步。」

時間恍若凍結，我的胸口猛地發熱。母親張大了嘴，淚水淌在衣服上。見到她如此狼狽，我有點無法承受。我好想逃出公寓、人間蒸發。她可不可以不要哭了？我閉上眼，而智賢的聲音蓋過這些吵雜。

「妳不老。」她說。

媽聽到後停下哭泣，「我不老嗎？」

「妳不老，妳才五十三歲，還很年輕。此外，妳怎麼可以說自己醜？我的朋友都覺得妳很漂亮。而且，如果妳沒有嫁給爸，那姊姊和我就不會出生了。」

我胸口的緊繃緩了下來。妹妹有一種天賦，天生就懂得如何躲避衝突、減緩緊張，讓事情能有轉圜餘地。另一方面，我對此則非常笨拙，充滿壓力的情況會讓我驚慌。媽總說智賢很會讀空氣，因為她八面玲瓏，比我更像韓國人。

「妳難道想那樣嗎？」智賢繼續說：「想要別的女兒？」

我屏住呼吸等媽回答，讓我鬆一口氣的是，她破涕為笑了。

「妳說得沒錯，」她伸手捧起智賢的下巴，「我的小女兒真聰明，」智賢和我跑過去趴在她身上。有那麼一瞬間，我們好像真的很快樂，煩惱全都拋諸腦後。但接著媽又變得嚴肅，皺起了眉頭。「但我真的不是在開玩笑。我知道婚姻對妳們來說還很遙遠，可是未雨綢繆才是上策。不要找韓國人，不然妳們很可能會落得跟我一樣。既然這樣，何必呢？」

我一刻也沒有遲疑，伸出小指和她打勾勾，承諾會遵照她的忠告。反正對我來說又有什麼差？現在的我只在乎維持表面的和平。我想結束這個話題，回到桌上、回到教科書的庇護裡。

然而智賢卻搖搖頭。「我不會承諾這種事情。」她說。

我們很走運，因為媽難得一次沒有繼續話題。

6

今晚又有魚。媽按照往常慣例，在智賢和我的注視中把皮從肉上撕下、去掉骨頭。我不斷踏著地，桌子隨之搖晃。智賢按住我的膝蓋，叫我停下。

今天早上媽把魚從冷凍庫拿出來時我決定勇敢一回。鯖魚在流理檯上躺了好幾個小時，慢慢解凍，滴下一大灘水，緩緩流進水槽。每當我經過，魚總瞪視著我，彷彿知道我有何打算。

儘管我懷著一股罪惡感，還是認為事在必行。媽那天心情非常糟糕，情緒比以往更加低迷。智賢和我早上得拖著她才起得了床，然後她就一直鬱鬱寡歡。能讓她開心起來的唯一方式，就是表現出我有多關心她。

昨晚，父親打來。那是他離開至今我第一次有他的消息。即使如此，他還是沒說什麼，話多半都是我在說。而對於我的問題，他都回得匆忙又模稜兩可。

「你在做什麼？」我問。

「做很多事。」他說。

「你在哪裡？」

「附近。」

我感覺得出他想盡快掛掉電話，或許是因為旁邊還有別人。而不管是誰，那人雖努力不想發出聲音，卻一敗塗地。我聽得到背景聲：輕輕喀答、玻璃鏗鏘、被掩住的噴噓。我把電話壓在耳朵上更努力聽。那是誰？他的新女友嗎？她聽起來會是怎麼樣？她講話的聲音好聽嗎？我簡直要被好奇心殺死，一個接一個問問題，努力想把他留下，然而沒過多久爸就突然道了別、掛掉電話。他完全沒問起媽，而她在旁徘徊不去，伸長了手，等著換她通話。

於是她垮下一張臉。「他不想跟我講話？」她問。

我思忖著是否要說謊，但既然她早有答案，我還能說什麼呢？

「不想，」我感到很抱歉。「他得掛電話了；他好像很忙。」

「好吧。」她的聲音渺不可聞。

之後，媽開始像發瘋一樣地打掃公寓，從一個房間掃到另一個房間。智賢跟著她繞來繞去，回頭對我露出焦慮的眼神。我可以理解。父親離開後沒回來拿自己的東西，那些物品仍四散在我們公寓各個角落，在最糟的時機嚇我們個措手不及，而且往往是在我們最鬆懈的時候。我憂心忡忡，不知道媽會掃出什麼。

某晚，我意外在浴室洗衣籃後找到爸的一雙滿是汗臭的黑襪子。襪子被遺忘了數月，看到的瞬間我幾乎流下淚來。我也在廚房抽屜找到過他的一疊舊信用卡，早已過期，藏在未拆的信件堆下。

但最糟的是我找到他戒菸時用來替代的紅白薄荷糖。要是沒有這些糖，他一定戒不掉。如今我只要聞到一點薄荷味，或聽到塑膠紙的沙沙聲，就彷彿有一小道滋滋電流竄過全身，提醒著我也曾經有過父親。

「妳們兩個今天還是不敢吃嗎？」媽問道，筷子停在魚頭上方。

「我。我吃一個。」我鼓起所有勇氣說道。

母親臉上綻開了好大的笑容。我做對決定了。「真的嗎？妳肯吃嗎？」

我點點頭，因為太怕，甚至不敢張開嘴巴。

她挖出眼睛，扔到我空盪盪的盤子上。眼球滾啊滾的，繞了好幾圈才終於停在中央。

「快！快吃吃看！」媽催促道。

魚眼球滑溜溜，而我的筷技著實不佳，笨拙不堪。我聚精會神，好不容易才夾起來，眼球卻又掉了下去，發出軟趴趴的噗一聲落在瓷盤上。

「妳用手抓吧！」媽說。

「好吧，」我把眼睛一閉，盲目摸索了一陣才用食指和拇指抓住眼球。它硬得出人意料，和我想像中截然不同。我顫抖著把它扔進口中，它一碰到舌頭我就開始乾嘔。

「好噁！」智賢尖叫著從桌子退開。

我努力地告訴自己這麼做不是為了我，而是為了媽。她用溫柔的表情注視著我，我只能逼自己把眼球含在嘴裡。最初那股反胃感褪去後，我把它挪到頰中。這感覺非常詭異。

眼球外層油膩膩，簡直像果凍，還帶了點鹹滋滋的魚味。在黏糊糊的膠狀物底下是堅韌無味的白色球體。我一口咬下，對母親咧嘴一笑，吞了下去。

「妳看！」我盡可能張大了嘴。智賢遮住眼睛，媽則伸手鼓掌。

「天吶，智媛！」她興奮地說：「這表示妳長大了。妳現在已經是大人了。」

「真的嗎？」

「真的。」

我沒點出其實我已滿十八歲，大多數人到了這個年齡早就算是成年。

「真不敢相信，」智賢露出責備的神情，「妳實在好噁。」

「其實還可以的！妳也應該試試看，來——」我把盤子推向她，但她啪的拍掉了我的手。

「離我遠一點，妳這吃魚眼的怪胎。我沒胃口了。」

「那顆眼睛一定能帶給妳很多好運，」媽愉快地說：「妳很快就會知道！說不定今年妳還會交到男友。妳覺得呢？」

我臉紅了起來。母親對我感情生活的關心簡直到了走火入魔的程度，老愛問我男生的事，以及有沒有暗戀誰，即使我每次的回答都一模一樣——我很忙，必須專心念書。可是，如果我說自己不想談戀愛——就算只有一次，也等於是在撒謊。

媽把魚翻過來，挖出另一顆眼珠，我突然湧上一陣飢餓，便伸手去夾。但我什麼都還來不及說，她已笑著將它扔進自己嘴裡，和爸有關的一切想法都隨著夜色煙消雲散。

7

爸是個擁有遠大夢想的人。他很聰明，也很努力，卻因為際運待他不公，無法伸展抱負。韓文裡代表「際運」的字詞是「팔자」（八字），來自「사주팔자」（四柱八字），意思是「四柱推命」。所謂的四柱，指的是人的出生年、月、日和時。而且根據父親所言，這些乍看毫無意義的構成要素，甚至能在你出生之前就決定你短暫的一生究竟是好或壞。

就我有印象以來，父親一直痛恨自己的八字。他小時候在釜山最窮困的其中一個村莊長大，甚至比母親和她的家人更一貧如洗——如果真有這種可能。他父母是農夫，在日治時期被地主趕走，除了身上的衣服之外孑然一身。他們沒受教育，連學校也沒去過，當然也沒學過讀寫。爸和他的兩個姊姊也面臨相同命運，三人打從能走能說話起，就得幫忙家裡，在街角賣烤地瓜，看著其他孩子去上學。

對爸的兩個姊姊而言這已足夠，她們屈服於命運，就這麼賣著烤地瓜直到找到其他同樣悲慘的工作。之後，她們將會嫁給一樣愚蠢貧困、與她們的差勁八字相匹配的人。

然而，爸只要一有機會就拚了命對抗命運。他從垃圾堆挖出被丟掉的報紙，用來自學讀寫。如果沒在乞討或找工作，有時間就熬夜一張張苦讀，在腦中把那些字默念出來。

對他而言，文字等同魔法。知道怎麼使用、能夠隨心所欲操控文字的人，都住在漂亮的屋中餐餐吃肉。那些人會穿著華美的西式服裝，一身乾淨俐落的西服，外加奢華好看的襯衫，令人恨不得能伸手去摸。父親領悟，文字就是通往那個世界的鑰匙。

最終，他存到了足夠的錢參加大學入學考試，考出來的成績也讓他獲得報紙上的一篇短文報導——第二頁上，小小的四行字——還有全國第一學府的一席之地：首爾大學。

對其他人來說，單是這樣問題就能畫下句點——但對父親不是。首爾大學向來對每一個人敞開大門，即使是那些應該會被鎖在門外的族群。可是出於不明原因，爸畢業後找不到好工作，沒人願意幫他，沒人能帶他進入他日日渴望的高聳辦公大樓。最後，在歷經多年嘗試後，他決定放棄，遷就當一個壯志未酬的下層勞工。

某天，爸收到一封信，是民豪寄來的。他是一位多年沒有聯絡的朋友。民豪搬到了加州，開了一間修鞋店，待遇不錯，而他需要幫手。他記得父親不但努力，還有一雙巧手。

*如果你能過來，這裡馬上就有工作等著你。*信上如此承諾，*你不會後悔的。加州這地方好到令人難以置信。*他的地址則潦草地寫在下方。

爸對加州一無所知，只曾在電影裡面驚鴻一瞥。在他想像中，那是一個大家都住在巨大房子、有錢發胖到流油又開著吵鬧美國車的地方——亦即，是個夢想能夠成真的地方。

他沒花多久就下定決心。不到一週，他花光了身上所有積蓄，買下飛往洛杉磯的單程機票，裝不進行李箱的家當全都扔掉。一登上飛機，他便發誓要將所有壞運拋在身後。

父親一到加州就開始工作。他從沒修過鞋，但是學得很快。民豪的眼光沒有錯，爸很快就賺到比在首爾還多的錢。一年後，民豪的太太第一次把父親介紹給母親，他們四人一起去約會，吃完晚飯又接著喝酒。民豪和他太太回家後，母親和父親又在餐廳待了好幾小時。不過短短六週，他們便結了婚。爸認為自己的運氣再也不一樣了。

當媽告訴我他們相遇的故事，說兩人是一見鍾情。「不過當然不是我，」她咯咯笑著：「是妳父親。他看見我的瞬間就陷入愛河。他帶我去格拉斯通餐廳——在馬里布。妳聽過嗎？那裡很有名的。」

智賢念初中、我念高中的時候，他們以低價購入一間快倒的乾洗店。前店主放棄經營，恨不得快點脫手。不過爸並不在意。他在大樓的脫漆牆壁和皺裂天花板中見到商機，親手油漆、修好那裡的每個角落，每天花費好長的時間。沒過多久，這些辛苦都得到了代價。

爸媽因為新斬獲的成功買下房子。那裡沒有任何特別之處，只不過是又小又破爛的一層樓，比我們當時住的、蟑螂肆虐的公寓稍大一些，但對爸來說，那等於全世界。

我們搬進去幾個月後母親做了個夢。夢中的店鋪、房屋和他們擁有的一切慘遭祝融。媽嚇醒過來，爸卻驚喜萬分。對他而言，火是一種預兆，是好運的象徵。

八個月後，失聯多年的民豪出乎意料地來找父親，說有個投資的機會。他計畫在韓國城開業，離我們住的地方很近。他這樣突如其來出現在我們生活之中，媽十分不安，但爸確信這就是她夢裡看到的預兆。

不幸的是，母親是對的：根本沒有什麼投資機會，民豪也沒開什麼業。因為賭癮，民豪欠下鉅款，而且因為害怕債主的威逼，他捲款潛逃。我們再也沒聽見他的消息。一夜之間，爸媽辛苦攢積的一切化為泡影、煙消雲散。

你是可以在命運上做一次弊，如果走運，或許可以兩次。但是身為韓國人，我們深知人生路必受八字左右，避無可避。

父親在時，我就能感受到他的渴望，即便母親和妹妹對此渾然無覺。當他沉浸在自己的想法時，臉上總會出現如夢似幻的表情。偶爾，他會在白天微微張著嘴，我便曉得他正在想像該如何逃離他——我們這螻蟻般無足輕重的人生。

他痛恨在失去房子後遷入的窄小公寓；痛恨貼靠在一起的房間，因為我們連僅有的一點隱私都將失去。他痛恨我不是男孩，智賢也不是；他痛恨媽那輛凹損的二十年本田，但更痛恨自己那輛壞掉的小貨車。他痛恨每個月得和房東爭吵房租，還有短短兩年就關門的乾洗生意。

更甚，他痛恨自己人生中每一項提醒著他失敗的事物。

我不怪他，可能因為我也懂得那種感覺：我們人生中無處不受欲求所限。所以我才能從他身上看見，因為那也正是我長久以來的感覺。

8

我吃下畢生第一顆魚眼的那天，夜晚難以入眠。我躺在那裡，不斷想起那鹹鹹的滋味。

早上，我一次又一次關掉貪睡鬧鐘，直到智賢把我戳醒。我睜開眼，發現她正俯身看我，髮尾搔得我的臉癢癢的。

「妳錯過公車了。」她的語氣好像有點太開心。

「什麼？」我整個清醒過來，手忙腳亂滾下床。「智賢，妳搞什麼？為什麼放我睡到這麼晚？」

我妹皺起眉頭。「叫妳起床又不是我的責任，」她飛快地跑出去，我瞥到一眼她的袖子，見到熟悉的淡紫色；她穿了我最愛的那件毛衣。

「我看到了！」我在她身後大吼，「要是讓我抓到妳又翻我東西妳就死定了！」

幸運的是，媽沒有第二句話，直接把車鑰匙給了我。我會在去學校的路上放她下車，不過對她要我開慢一點的要求置若罔聞。我不斷變換車道，因此喇叭聲此起彼落，等我們抵達雜貨店，母親已經面無血色。「不要再這樣開車了。」她踉蹌著腳步離開前先罵了我一頓。

我晚了十分鐘才進哲學課教室，座位只剩遠在後方的一個邊角。於是我鬼鬼祟祟地溜了過去，強烈意識到所有人都在盯著我看。我坐下來後，膝蓋不小心撞到旁邊一個漂亮的黑人女生，她的整排耳洞有一瞬間令我分心。但我重新打起精神，趕忙小聲地朝她說了句抱歉。她點點頭，用嘴形說「沒關係。」

另一邊的男生和我四目相交後咧嘴露出一個燦爛笑容。他是白人，有著大大的棕色眼睛和蓋過耳朵的長髮。他的上脣蓄了一點點鬍子，穿著一件有一行黑色字的T恤，從我的角度只能看到一部分，就是他背後加粗的字體——**她都會堅持**。當他在位置上轉過身，我看到前面寫著**無論怎樣**。

因為錯過公車而促發的腎上腺素迅速消退，排山倒海的暈眩和疲憊充滿我的全身。我往桌子一趴，睡了一整堂課，在下課前幾秒才醒轉過來，極度渴望能有一只軟綿綿的枕頭。

如果我有選擇，一定會回家爬上床，把剩下的時間用來瘋狂補眠。可是我還剩兩堂課，中間有漫長的一小時休息時間。因為今天早上睡過頭，沒有機會泡杯咖啡，我便坐在最近的一間校內咖啡店外望眼欲穿。

他們賣的每樣東西都很貴。一般來說，我只要想到得花七塊錢買一杯咖啡，就會像被勒索一樣感到難以承受。可是今天我實在太累了，心甘情願稍微退一步。店門打開時，一股煙燻泥煤的香氣飄了出來。

隊列和平時一樣漫長，等咖啡的人全都帶著悲慘的表情。我拖著腳步走過貨架，上頭擺滿了繽紛的矮胖馬克杯，展示著一袋袋新鮮的咖啡豆。我站在一群高頭大馬的白人男孩後面。即使外面天寒地凍，他們依舊穿著款式相同、前面有著希臘字母的寬鬆背心加運動短褲。前方把帽子反戴的金髮男孩看起來有些眼熟，我好奇地打量著他，靠近一些審視他的側臉。

這裡很吵，磨豆機不斷呼呼作響又停下。每次只要噪音暫停，我就能聽到他們的片段談話。

「昨晚我搞到雪倫了——」反戴帽子男得意一笑，臉頰紅潤的白臉下巴上有條深深的凹痕。

「幹！讚啦！」

「她超辣的，可是沒有胸部——」高個雀斑男回應。

「對，可是在床上反而很讚，不管你叫她幹麼她都願意，而且還會求你再來一次。他們講亞洲女的事情全都是真的。」

「你知道，他們都說只要上過亞洲女就再也不想上白女了。」雀斑男說，然後他們爆出笑聲，我不禁踉蹌著往退後，恨不得可以挖個洞消失。我的臉漲得通紅又陣陣刺痛，還不小心踩到後面的人；那人驚呼一聲。

「對不起。」我盯著地上，超怕會和前面那些混帳王八蛋有眼神接觸。

「沒關係——欸等一下，我好像在上一堂課看過妳。」

我驚訝萬分地抬起頭：是哲學四的那位「她都會堅持」先生。他對我伸出一手，我心不甘情不願地握住。我的手掌黏答答的，趕忙在牛仔褲上擦了擦。「妳叫什麼名字？」他問。

「智媛。」我說，並擔憂地看了前面那群男孩一眼。他們在看我嗎？現在他們背過了身，我不由得覺得這舉動十分可疑。他們知道我全都聽見了嗎？

哲學課男還在講話，但我把他打斷。「抱歉——我得走了。」

「噢……妳要去哪？」

「不知道，哪裡都好，外面吧我想。」

他跟了上來，小心翼翼越過我肩膀上方替我開門。我一溜煙竄了出去，坐到旁邊的一張桌子，等待狂跳的心臟緩和下來。

「我剛在裡面本來要告訴妳我的名字的，」他在我旁邊坐下，說：「我叫傑佛瑞（Geoffrey），是G開頭，不是J。」

「你有聽到他們說的話嗎？」我打斷他。

「沒有。怎麼了？」他瞇起眼睛。

我深呼吸一口氣，嗓音顫抖。「我不想……」

這個G開頭的傑佛瑞往前傾身，交叉起雙腿，右手肘靠著膝蓋。我們的坐姿一模一樣，就像照鏡子。「我不會對妳有偏見的。」

我的臉熱了起來。

他耐心等待，一邊眉毛誇張地挑起。「妳好像不太開心。需要我幫忙嗎？」

我的眼中盈滿淚水，低頭看著自己大腿，拚了命不讓眼淚落下。此時突然有人輕碰我的肩膀，我訝異地抬起頭，看見傑佛瑞正輕拍著我的手臂。我不禁想起智賢還小時我也總是這樣安慰她。

「別哭，」他說，「我們也不是非談不可。」然後他收回手，咬住嘴唇。「抱歉，我實在很不會安慰人，每次都不知道該做什麼。」

「不不不，」我回答，「我懂的，我也很不會安慰人，老是說出一些不該說的話。我瞭解的。我已經覺得好多了。」

我們之間突然有一陣好長的沉默，我不禁緊張起來。我沒有多想就衝口而出，「裡面那些傢伙在聊亞洲女生，說了一些很噁心的話，」我艱難地吞了一口口水，「其實我以前也聽過，沒有什麼了不起——那些傢伙甚至也不是在講我。可是感覺起來就像在講我，你懂嗎？」

傑佛瑞下巴一凜、握起拳頭。「是誰？」他轉過身，彷彿下一秒就要衝回咖啡店。

「不用！沒事啦，」我慌亂地說：「就把我剛說的話忘記吧。」

「不對，這不是沒事，他們是混蛋。如果妳google『有毒的男子氣概』搞不好就會看到那些小丑的照片。他們不懂妳們女性必須忍耐什麼狗屁倒灶。讓我身邊的女性有安全感非常重要，妳完全不必感到丟臉，應該丟臉的是他們才對。」

我目瞪口呆地望著他，「你說的沒錯。」

他從桌前站起，「我得去下一堂課了，妳應該不會有事吧？」他伸出右手和我擊拳。

我點點頭，也伸拳碰了一下他的拳頭。「謝謝你留下來跟我講這些。」

「不用客氣。那就週四哲學課見吧。」

我注視著他消失在一群學生裡才站起身。好怪，我已經完全想不起上次有人對我這麼好是什麼時候了。

9

下午稍晚到家時，智賢正獨自在我們房間來回踱步。這其實沒什麼特別，畢竟我們房間就那麼一點大。放了床再加上塞在角落的書桌，能讓她走動的空間也就兩、三步。無論如何，她的憂慮一目了然。我把背包放在地上。

「怎麼了？學校發生了什麼事嗎？」我問。

「沒有，」她說：「妳有注意到最近媽有哪裡怪怪的嗎？」

我在床邊坐下，脫下兩隻襪子。對於我穿著「外面的衣服」坐在床上，智賢什麼也沒說。以往她一定會抱怨個不停。「好像沒有。怎麼了？」

「妳有聽到她最近會在晚上講電話嗎？」她在我旁邊坐下，皺起眉頭。「不在她房間，是在浴室。她會打開電扇，這樣我們就聽不見了。」

「什麼？妳確定這不是妳想像出來的？」我捏捏她的手臂，可是她臉上連一點笑容都沒有。

「不是。我覺得她在跟男人講電話。」

「不可能。媽到現在還……妳知道的。」

「我不認為。從那之後已經快三個月了……」她遲疑一下，又閉上嘴巴，話說一半就消失得無影無蹤，一隻手停留在腳踝附近。智賢十分杞人憂天，什麼事情都未雨綢繆。她還是幼兒的時候就老把腳踝抓到破皮、流血感染。去醫院時，醫生對爸媽說，智賢的行為是壓力導致，爸媽對此一笑置之，並表示「一個兩歲小孩哪裡來的壓力？」但即便到了今天，相對於身上其他完美的部分，智賢的腳踝仍有一道醜惡的紫色疤痕。只要她感到憂慮，就會無意識地去抓那個地方。

我抓住她的手腕對她說：「別抓了，這樣只會越抓越嚴重。」

「還能多嚴重？」她咕噥著說，突然直直地望著我。「我找到了離婚文件，爸一走就馬上申請了。雖然還有等候期，可是三個月內就會定案。」

我胸中的心臟彷彿停止跳動。媽完全沒提到離婚，就某種程度而言，我覺得智賢和我雖然沒有說出口，卻深深相信船到橋頭會自然直。離婚在我們的文化可以說是難以想像，而且也無法帶來任何幫助。爸媽認識的每一對不睦夫妻不管發生什麼，到今日都還在一起。

「今天晚上多注意一下，」智賢輕輕地說，頭靠著我的肩膀。我們兩人都沒講話，可是我不禁好奇妹妹在想什麼。

她還記得嗎？七月的那個晚上，她問我一切是不是都會好起來？她還記得我撒了謊嗎？

智賢說的沒錯：媽很高興。而且可能有點太高興了。當我挨近端詳，便領悟到她整個人都在發光。她在爸走後瘦下的體重如今胖了點回來，臉頰變得豐盈圓潤，讓她的外貌看起來更年輕，雙眼充滿生氣與活力。有好幾次，她從晚餐桌上暫離，跑進浴室裡。

我拚命想穿透風扇的轉動偷聽，壓低的細微笑聲飄進我們耳中。妹妹挑起了眉毛。

「我就說吧，」她悄悄表示：「我們得做點什麼。」而她的手已摸上了腳踝，開始狂搔猛抓。

「要做什麼？誰在乎她交不交男友？」

「我在乎！現在才幾個月而已！」智賢拔高音量。「她很脆弱，又很難過，而且——要是他是詐騙的怎麼辦？趁她還很脆弱的時候把她當成目標？妳不覺得她這麼快就遇見別人很奇怪嗎？萬一他是連續殺人犯呢？妳沒有想過嗎？」

我們的母親遵守著嚴謹的生活規律，因此要認識別人很不容易。她在幾英里距離外的韓國雜貨店工作，通常早出晚歸，也不怎麼休假。母親沒有嗜好，在父親離開後也沒有一堆原本沒聯絡的朋友出現。我們懷疑這是因為她對自己的「狀況」感到丟臉。

「可能是工作上認識的人？」我猜測。

「妳要不要聽聽自己在說什麼？她工作地方的單身漢都不可能。」

媽一起工作的同事幾乎都是女的，年長的經理李先生除外。但他絕對不可能是媽的祕密男友，他太老了。

智賢正打算開口回答，浴室門便咿呀一聲打開。我們回到原位，假裝沒在聊天。媽坐了下來，臉頰一片緋紅。

「妳在跟誰講話？」智賢問道。

「什麼？我沒跟任何人講話啊。我在上廁所。」媽急忙回答，把頭髮塞到耳後。

「姊說她聽到妳在裡面跟人說話。」智賢堅稱，我使力在桌下猛踢她一腳，她連縮都沒縮一下。

媽發出緊張的笑聲。「沒有啊，智媛，妳又在幻想了，」她拍拍我的肩膀，我則氣憤地瞪著智賢，努力想讓她感應到我的想法。

妳死定了，我這麼想著。妹妹似乎接收到了訊息，因為她對我吐了吐舌頭。

回房間後，我抓住智賢，把她壓到地上。「道歉，」我說：「不道歉妳就死定了。」她拚命掙扎，出拳對著我就是一陣亂打，但是招招落空。我的塊頭是她的兩倍。我壓制住她，直到她放聲尖叫，淚水從臉上流下。我終於放開時她氣得對著我的腦袋就是一踢——當然也沒踢到。因為我速度也比她快。

「妳這個大爛人！我再也不要跟妳講話了。」說完她就憤怒地跑了出去。

10

一週後，媽終於告訴我們真相。她已再也無法裝作若無其事了。她開始每天越來越晚回家，假裝自己上的班比較晚，即使智賢和我都非常清楚雜貨店晚上七點就關門。此外，她鬼鬼祟祟在浴室打電話的次數更加頻繁、也更加明顯。

「我可以跟妳們說件事嗎？」她緊張地問，如坐針氈地擺弄著褪色的沙發抱枕。沙發旁的邊桌有一只有裂痕的花瓶，以前爸很討厭，媽一直不准他丟掉，因為那是她幾年前過世的母親送的禮物。她伸出一根指頭沿著裂開處撫摸，而我發現自己不禁思忖：不曉得她想到的是父親，還是她的母親？智賢蜷起身體挨著她，媽一手攬住她肩膀。我則站在幾步距離外，雙手塞進口袋裡。

「什麼事？妳想跟我們說什麼？」我問。

「我有交往對象了，」媽散發出一股屬於少女的嬌羞。這句話她是用韓文說的，語調興奮而高亢，字字歡快而上揚，就像哼歌。「我已經和他交往一個多月了。」

「什麼？」智賢裝得一派驚訝，「妳是認真的嗎？」

「非常認真，」媽說：「如果不是這樣我也不會跟妳們說。他也知道妳和妳姊姊的事，而且等不及想見妳們了。我們在想要不要一起吃個午飯——我們四個。妳們覺得怎麼樣？」她拍拍智賢的背。

智賢身體一僵。「他是誰？我們認識嗎？」

「不不不，」媽的臉頰變成深紅色，一如她煮飯時常加的辣椒粉。「是我工作時認識的。」

「工作時？！」智賢和我同聲驚呼。當我朝著智賢轉過頭，驚訝得嘴都闔不起來。

「拜託不要告訴我是李先生。」我呻吟道。

「當然不是，別傻了。是一個顧客，」我還來不及針對這個驚人消息做出評論，媽已經用含糊的口吻繼續說下去。「他來買雜貨，請我幫忙，離開前問了我的電話，我們就去約會。他叫喬治，是個很棒的人。他的工作也很不錯，人很有魅力。我保證妳們一定會喜歡他的。」

「一定會的。」智賢在她後面翻著只有我能看得到的白眼。

「噢，還有另一件事……」媽遲疑了一下，「他是白人。」

「什麼？這個重點妳也太晚說了吧！」智賢放聲大叫，音量都要震破耳膜了。我一把摀住她的嘴，她卻咬我，害我滿手黏答答的口水。

「妳怎麼會在韓國雜貨店碰到白人？」我一邊在衣服上抹手一邊問。我手掌上留下了一個半月痕跡，是智賢咬出來的。我在心中決定等下非討回來不可。

「我知道聽起來很瘋狂，但喬治很特別，和我以前碰過的人都不一樣。他尊重各種文化，但特別是韓國文化，因為他當兵的時候派駐在首爾。他也會說我們的話！——至少比妳和智賢說得好。這不是很棒嗎？」

「妳開心就好。」智賢說。

對話過程中出現一段沉默，在隨之而來的死寂中，我覺得自己彷彿靈魂出竅，像顆斷線的氣球那樣繞著我的身體盤桓。公寓變得陌生起來，我暈眩地凝視皸裂的牆壁與生壁癌的天花板。那些水漬本來就在那兒嗎？地毯一直都是褪色的嗎？為什麼我們擁有的一切都這麼破爛？花瓶，刮花的咖啡桌，不久前被媽放棄的瀕死植物。陽光從百葉窗缺漏的葉片之間虛弱地照了進來。

「妳開心嗎？」智賢突然問母親，這個問題將我拉回現實。我不禁搖了搖頭，重振精神。

「很開心。」媽微笑著說。

我不知道哪個更糟；到底是我胸口的感受，還是妹妹臉上的表情。那神情轉瞬即逝，快得連媽都沒注意到。儘管只是一瞬間，但智賢的悲傷和怒火密不可分地清楚刻在臉上，我必須拚命壓抑自己才沒有伸手將她抱緊。接著，她的保護色再次出現，彷彿沒有任何的不對勁。

「那很棒，」她說，「真的，真的很棒。媽，我太為妳高興了。」

11

我們在一個週六見到了喬治。清晨時分，深灰色的雲朵翻騰而來，彷彿有種警告意味，滂沱大雨降下，敲擊搖撼著我們的陽臺窗戶。這是快半年來我們第一次碰到降雨。我一面盯著看，一面把今天可能會出狀況的想法拋開。天氣驟變活像什麼壞預兆似的。

智賢憤怒的嗓音從媽的房間傳來。「我才不要穿那件醜洋裝！妳沒看到嗎？外面在下雨！」

「氣象預報員根本沒提到雨。」

「妳為什麼還需要聽氣象預報員說什麼？直接看不就好了？」

「但這是和喬治的第一次見面，妳難道不想穿好看一點嗎？」媽懇求著說：「那件洋裝很漂亮啊。不然妳想穿什麼？我絕對不會讓妳穿運動褲去，智賢，妳要是敢——」

「我又沒有說我要穿運動褲去！我會穿牛仔褲！」

「但是智媛穿了裙子，要是妳穿牛仔褲就不搭了。」

智賢嗤了一聲，然而最後勝利的還是母親。沒多久，妹妹就從一身睡衣換成一襲黑白圓點、長度稍稍過膝的裙裝。她現身時一臉不悅，交叉著雙臂在我旁邊的沙發坐下。我忍住笑。

「妳要是敢說什麼，我一定打妳喔。」她暴跳如雷。

我順了順裙子。「我沒有要說什麼不好的話，」我說：「我只是想說妳看起來很不錯。」我心情奇佳，所以刻意激怒她——而且效果很好。她朝著另一個沙發抱枕移動，膝蓋和我反方向。

我的衣服也是媽挑的：一件飄逸的緞面長裙外加奶油色寬鬆上衣（但是大了一個尺寸）。和智賢一樣，這完全不是我會穿的衣服。我更喜歡簡單舒適的打扮，像是牛仔褲和運動衫。但我連抱怨都懶，因為根本沒有意義。媽在智賢和我面前從來不低頭，也許是因為她永遠對抗不了爸，連一點點都沒辦法。

這件上衣是媽十年前的衣服。她今天早上從儲藏室挖出來，我的一舉一動都會散發陣陣灰塵和樟腦丸的味道。媽也讓我戴上耳環（笨重的金色圈圈），我只要搖動腦袋它就會和頭髮纏在一塊兒。即便如此我的衣服還是好一點，和智賢的比起來也比較沒那麼令人難為情。我們沉默地坐在那兒聆聽雨聲啪搭，還有母親燙直頭髮的滋滋聲。

媽是個虛榮的人，她向來如此。可是無論如何，她出現時智賢和我都很驚訝。她將頭髮夾得柔亮直順，臉上小心翼翼化上一層薄薄淡妝。她穿了一件雪紡洋裝，平衡了她脣上的亮珊瑚紅。

她看到我們一臉驚訝，似乎有些動搖了。「太誇張了嗎？」她問。

「沒有，怎麼會。」我說，即使真的是有點誇張，畢竟我們只是週末吃頓午餐而已。

我們一走到外面智賢就大嘆一口氣。雨下得沒完沒了。媽跟我們保證很快會停，但暴雨完全沒有減緩或平息的趨勢。雪上加霜的是我們找不到雨傘，因為媽幾個月前清理門旁櫥櫃時不小心把好的那把扔了。

母親悶悶不樂地望著大雨，爬梳她完美的髮型。我們一從遮雨篷底下走出去一切就全毀。可是我們早就遲到了，不能再浪費時間。

「走吧，」我牽起她們兩人的手。「我們得跑一下了，還可以多糟呢？」

等我們走到車旁，已經全身溼透。母親精心的打扮全泡湯了：睫毛膏暈開、洋裝溼到變透明、髮型亂掉翹得亂七八糟。她想打開化妝鏡，嘴唇顫抖著。我伸手過去啪一聲幫她闔起來。

「沒事的，」我趕忙說：「媽，妳看起來還是很美，對吧，智賢？」

智賢不肯看我們兩個，逕自繃著下巴盯著窗外。她額頭上有一根青筋在抽動，媽對我們的反應十分不滿，再次伸手去拿鏡子，我也再次阻止她。要是她看到自己的頭髮一定會大發脾氣，而我只要一想到得再回去樓上、重新來過就忍不住反胃。我只想快快結束這場愚蠢的約會。

「不然妳跟我們講講喬治的事吧？」我問，「我們可以對他有什麼期待？」

媽的表情亮了起來。她恨不得能聊喬治，我早就發現她不只一次咬緊牙根忍了下來。

「妳也知道我的，我不會輕易愛上別人——見到妳父親那時我一定是中了邪。」她用吞吐的口吻說出「妳父親」三個字；我裝沒注意到。「愛上喬治則很非常容易。他這人很正直，和妳父親完全相反。」這次她就沒有遲疑。母親看著我，再從照後鏡看著智賢，彷佛想得到我們認可。

她是什麼意思？

我真的想知道嗎？

「我真的很幸運，」媽說：「我本來寂寞得要死，但現在我有了喬治。」她拍拍我的手，「當然，還有妳們兩個。」

12

喬治挑了間我們完全沒聽過的中國餐廳。我們三人到時已經稍微過了十二點，停車場空盪盪的，唯一的車是一輛福特貨卡，母親指著車子說：「是喬治的。」貨卡看起來很新。經過時，我看到後面保險桿上有張貼紙，寫著：**我是共和黨人，因為我們不支持社福政策**。

走進餐廳前，媽像花園裡的蝴蝶那樣繞著智賢和我翩翩打轉。她替我們整理被雨淋溼的頭髮，拉掉我們衣服上不存在的線頭。她很緊張，我則幫她調整脣色，抹掉在眼睛周遭暈開的睫毛膏。

「我看起來還行嗎？」她問。

「妳看起來超棒的。」我想都沒想、直接回答。

我們從旋轉門走進去，笑容滿面的老闆娘帶我們進了喬治等待的包廂。包廂空間超大，容納二十個人完全沒問題。當我看見他獨自坐在這麼大的房間，不禁嗤了一聲。這畫面太荒謬了，他活像是王座上的國王，等待臣民前來晉見。

我不知道自己該期待什麼，可是喬治實在非常平凡，就和我見過的每個中年白男一模一樣。他很矮，只比媽高一個頭。他有一頭沙棕色的頭髮、濃密的眉毛，和薄薄的嘴脣，只要一笑彷彿就會縮進口中。他的鼻子朝天，我能看見從裡頭探出的鼻毛。他只要有任何動作，頸子連接下巴那片單薄如紙的皮膚好像就要撕裂。如果他在街上和我擦肩而過，我絕對不會多看他一眼。喬治低頭看著自己的手錶，我隨他的眼神看去：勞力士。我努力不露出驚訝的表情。「妳們遲到了。」

「喬治親愛的，對不起啦！」媽尖著嗓子說，擠開我們去擁抱他，假香奈兒包在肩上劇烈晃動。喬治抓住母親肩膀，直接張嘴往她嘴唇印下一個溼答答的吻，我們不禁一陣反胃。他們分開時他嘴上出現一抹紅色，媽便從桌上抓了張餐巾把它抹掉；她至少還懂得不好意思。我這輩子從沒看過我父母接吻。

「抱歉，」他咧嘴一笑，「我只是看到妳們媽媽太興奮了。」智賢和我沒有任何反應，喬治撫摸母親的背，同時面露擔憂地皺起眉頭。「妳們淋得都溼透了！發生了什麼事？難道妳們去淋雨跑步嗎？」

「我們沒帶傘。」智賢咕噥著說。

「這怎麼行？」喬治拉開夾克拉鍊，把衣服披在媽肩上。「妳們等一下，我去車上看看。我應該有多帶些女生的衣服——」

「我們沒事。」我搖著頭說。

儘管語氣溫和，他仍用告誡的語氣對母親說：「這樣妳一定會感冒的。妳應該打給我啊，我很樂意拿傘過去妳車子那邊接妳們。等下服務生過來，我會請她調高溫度。」最後，他轉向智賢和我，伸手來和我們握手。

「見到妳們兩個可愛的女孩，我真是太開心了，」他直接看著我說：「妳是吉顯對不對？」

他講「智賢」二字時彷彿含了滿嘴食物。我妹的名字被他講得含混不清，根本就聽不懂。

「不是、不是，」媽笑著說，「她是智媛，你忘記了嗎？我那天有給你看照片啊。」

「我記得，是吉……ㄨㄢˊ，」他也沒把我的名字講得多好，「媛」被他說得像什麼丸子似的。

「你把我們的名字念錯了，」智賢插嘴，語調毫無起伏，完全不覺得有什麼好笑。

媽不快地瞪著她。即使喬治臉上掛著笑容，我也能看出妹妹讓他不太高興。他那對薄脣的嘴角垂下，變成一張難看的怒容。我馬上意識到他恐怕不習慣被人糾正。「好，那我應該怎麼講才對？」只要不必當著我們的面接受一個十五歲女孩的教育，他顯然什麼都願意做。

「第一個字是『智』，不是『吉』，」智賢解釋道，「還有你也把『媛』說得太用力了。聽起來應該是『智媛』才對。」

喬治臉上第一個變紅的部分是額頭。那片顏色往下擴散，直至蔓延到脖子。眼下沒人說話，媽緊張地從智賢的臉看到他的臉，彷彿過了永恆那麼久，喬治才開口說：「我懂了，謝謝妳告訴我。」他聽起來小心斟酌，而且十分禮貌，和臉上的表情一點也不搭軋。

「是說我在首爾時學了很多韓文，可是那是很久以前了……而且我跟妳坦白說，我最強的真的不是發音。如果這讓妳這麼不愉快，我可以幫妳們取綽號。」

智賢瞇起眼睛。「綽號？」

「對。妳可以叫JH（Ji-hyun）——」他用食指指著我，「妳就叫JW（Ji-won）。」

智賢還想爭論，但媽卡了進來。她從隨意堆疊在桌子中央的菜單拿起一份、再啪的放下。菜單的塑膠表面在木頭上砸出碰一聲。

「好了，」媽說，「我們要不要點餐了？我好餓啊，」她帶智賢坐到離喬治最遠的椅子，然後讓我坐在他們中間；空氣之中瀰漫著緊張氣氛，而我們都敏銳地意識到了。為了緩和氣氛，母親轉向喬治、開啟對話。

聽他們聊天感覺超尷尬。媽的英文不算特別好，在雜貨店偶爾會有只說英文的顧客，她還可以應付。然而，諸如填表格或進行預約這種更複雜的事務，她絕對不可能獨立完成。對我們她只說韓文，如果出現智賢和我也不懂的字，她就倚靠手機上的翻譯軟體。

但沒過多久我們就發現母親顯然誇大了喬治的韓文能力。他說的每一個字我們都聽不懂，而他說自己發音不好則一點也沒錯：他發得真是爛透了。他的口音把我們熟悉的詞彙變成另一種方言，字義在濃重的英文腔中變得難以理解。但喬治對此渾然無覺，甚至還洋洋得意，彷彿就算他蹂躪我們的語言我們也該對他刮目相看。

「懂天左惹什摸？」喬治問我們。我愣了一下才理解他的意思，而且好像只有我聽懂。他問的是「今天做了什麼？」但智賢一臉困惑，顯然媽也完全沒頭緒。她微笑點頭，然後說出了八竿子打不著的回應。

「我喜歡中國菜，」她用很破的英文說：「真是太棒了。」

喬治皺眉，「不是、不是，」他再試一次。「進天捉了什磨？」

「中國菜，」媽大聲地說，作勢比畫菜單。「你知道糖醋肉嗎？」

「媽，他是問我們今天做了什麼，不是在講吃的。」

「噢！」母親臉色一亮，「오늘 뭐 했어요，」她開口糾正，喬治噘起嘴唇、努力模仿。幾秒過後，他惱怒地舉手投降。

他們的對話不要多久就又陷入沉默——這是意料之中。他們試圖理解對方，然而萬般嘗試皆是白費。兩人的交談不斷繞圈而且雞同鴨講。每次一這樣，智賢和我就不得不介入幫他們溝通。在這場詭異劇碼裡，我們唯一扮演的角色似乎就是口譯。

如果他們連溝通都沒辦法，先前到底是怎麼約會的？我想像他們一起出去，然後像山頂洞人一樣呼呼亂叫、比手劃腳。

「他們說這幾天下雨都會下得像倒水一樣。」喬治說。

「倒水？」媽茫然不知所措，伸手去拿桌子中央的一瓶水。

「不是，」喬治邊說邊抓住她的手腕阻止她。「像倒水。」可是媽依舊一臉困惑。喬治舉起雙手，蠕動著手指做出降雨的動作。「下雨。」

「下雨？倒水？」

「媽，」我藏不住心中挫折插嘴說：「他的意思是接下來幾天雨會下得很大，倒水是用來形容——」

「我知道，」母親不耐地揮手打斷我。「我知道啦。」

我翻翻白眼。喬治一手攬住媽，捏了幾下。

「妳走的時候一定要帶上我的傘，我想我另外的車上可能也有多一把，兩把都拿去。」

媽一聽到臉色立刻亮了起來，神情之中的愉悅實在過分到一種誇張的程度。我覺得胃裡狠狠打了結。

門上傳來細微的敲門聲，喬治喊道：「進來，」門滑開，負責我們這間的服務生出現，是個身穿紅金刺繡旗袍的纖瘦亞洲女生。她依序對每個人鞠完躬才走進來，漆黑的頭髮在頭上緊緊盤成一個髻，中央刺出一根紅色筷子，和旗袍同款顏色。

她走進來時，喬治睜大了雙眼，目光爬遍她全身，最後停在胸口兩團軟肉上。他竟然放肆到這個地步，我不禁反胃。

「感謝老天妳來了，」他說：「我們可真是如飢似渴。」

超噁。

服務生發出銀鈴笑聲遮住了嘴。母親沒因這明目張膽的黃腔不快，反而呵呵笑，舒舒服服將頭靠上喬治肩膀。她怎麼會沒看出這個情景有多不對勁？我偷看智賢，她也不覺得好笑。

「你們想點什麼呢？」服務生問。

我全心期待著喬治問我們要吃什麼——但他沒有，他完全沒理我們，也沒有理媽。他一派熱切地直接開始點餐。

「我們要吃炒麵、宮保雞丁、糖醋豬肉還有芥蘭牛肉。噢……也要點一份炒飯；要有蝦的，不要辣。」

「但我喜歡辣的。」智賢插嘴，「還有這樣不會點太多了嗎？我們只有四個人。」

「不要辣，」媽說：「喬治沒辦法吃辣。」

幹他當然沒辦法吃辣。

服務生把我們點的東西草草寫到筆記本上，「沒問題，」她說：「如果還需要什麼，就吩咐我。」

「些些。」喬治不假思索地說，並拱手鞠躬。

「謝謝。」服務生回應，輕輕點了個頭後便離開了。

她走後，他看了門整整一分鐘。「這裡的服務非常棒。」喬治戀戀不捨地嘆了口氣。「我真希望所有餐廳都和這家一樣。」他擺脫靠在他身上的母親。「等一下，妳臉上有東西——」然後伸出食指抹她鼻側。「這裡。」

他們兩人完全把智賢和我當成空氣，逕自展開另一段雞同鴨講的對話。儘管有著語言隔閡，喬治和媽似乎相處愉快，我不禁大失所望。智賢一直在偷看他們，儘管手還擱在桌上，我卻看見她的手指不斷抽動。我知道，此時的她正在腦中瘋狂地搔抓腳踝。

門再次滑開，一身黑白的侍者走進來，臂上那一盤盤的飯和肉簡直要滿溢出來。喬治伸出脖子探看門外，努力往別的包廂尋找原來那位服務生。智賢在我旁邊捏緊了拳頭。

我們注視著堆得像小山的食物，光是目前端上桌的分量就讓我焦慮起來。喬治最後放棄尋找那名服務生，把注意力轉回桌上，並將一堆堆麵條和米飯舀進自己盤子。他沒先幫媽或我們任何人盛，和父親截然不同。以前我們雖然很少上館子，但爸一向會先確定我們都夠吃才會為自己盛飯。

媽俯身幫喬治把豬肉和雞肉切成小塊，智賢喝了一大口茉莉綠茶，目前為止看都沒看食物一眼。我在桌下戳她，但她只讓我看見她搖頭。我想問她還好嗎，卻又不想讓她被注意到。

食物很糟，味道過甜又過鹹，我不禁擔心起媽的血壓，只好皺著臉配著一口溫水硬吞。

「是不是很棒啊？」喬治聲如洪鐘。「這是全世界最棒的中國餐廳！」

「是嗎？」我想吐地皺起鼻子。「這味道好像不是很正宗……我覺得聖蓋博谷有一些地方更——」

「我去過中國，妳去過嗎？」

「沒——沒有，但是——」

「那就相信我的話。我一九八七年的時候在上海待過一個月，這間餐廳比那裡所有地方還要棒，我用我媽的命發誓！」

智賢沉下臉。用自己母親的生命發誓真是有夠美國、有夠白，無論是我或智賢都難以理解這行為。在我們的文化裡，拿母親的生命起誓恐怕是世界上最嚴重的罪。還有什麼能比母親、父親或祖父母更重要？喬治好像從來沒聽過什麼叫孝道。

過了一小時，剩下的食物依舊超出了我們一個禮拜能吃的分量。媽將食物一杓杓裝進外帶包裝，擺進塑膠袋裡，努力把提帶綁成一個漂亮的蝴蝶結。「給你，」她對喬治說：「當成這禮拜的晚餐吧。」而他熱切點頭、拿錢付帳，將一張百元美鈔啪的摜在桌布上。他皮夾裡的現金多到簡直要溢出來，皮革都被撐到快要綳開。我這輩子好像還沒有看過這麼多錢，那至少也有一千——或許兩千塊吧。媽先瞥了一眼才別開，但是太遲了，我早已見到她眼中閃爍的貪婪。

到了外頭，媽緊緊黏著喬治，兩人的手牽著不放。她不想要他走，不想要我們和他相處的時間結束。天氣就如她所預測終於放了晴，儘管依舊多雲，但是仍透出片片藍色和陽光。

「真是美麗的一天啊，」媽低喃著說：「我不想要就這麼浪費掉。我們要不要去散個步？」

智賢呻吟一聲，「我不想，」她哀嚎著說，語氣異常幼稚。「現在外面到處都是溼答答的。」

「噢，別傻了，ＪＷ，」喬治說：「如果妳母親想散步，我們就該去散步。」

智賢火大地瞪著他，「我是智賢，不是智媛。」

「噢抱歉，ＪＨ。」

我們被迫在狹窄的人行道上跟在他們身後。智賢和我走得很慢，和他們之間隔開的距離不斷變大，直到落後他們四分之一個街區。這時妹妹才抓住我，硬是把我往後拉。

「欸！」

「那傢伙超混帳的，」智賢在我耳邊小聲地說：「我們到底該怎麼擺脫這個蠢蛋？我這輩子再也不想看到他了。」

「妳可以放手嗎？我也不喜歡他，但妳至少可以等我們回到——」

「是要等到什麼時候？這實在太扯了。」

我們前面的媽和喬治突然停下腳步、轉身揮手，示意我們加入。喬治用雙手圈住嘴巴，「小烏龜，妳們是怎麼了啊？」他喊著說。我掙脫智賢，急忙奔跑往前。她仍在我後面發著牢騷，走路慢得像蝸牛。

他們在一個破舊的美食街找到一間冰淇淋店，我們進去，門上的鈴鐺在腦袋上方叮噹響，我們恍若被傳送到一間八〇年代的冰淇淋鋪。店裡裝潢過時又老舊，地板上覆蓋著暗色汙漬，還有深深的裂縫，一股難聞的酸味在空氣中揮之不去。喬治打量四周，「現在再也沒有這種的了，」他說：「我實在有夠想念那些美好過往，現在的孩子都很不抗壓。」

媽棄而不捨地遊說我點了一根甜筒——「要是妳們不點，那我就什麼也不點；如果我不點，那喬治也不會點了。」她用譴責的語氣說，而智賢站在角落露出不屑的神情，沒有任何動搖。喬治點了蘭姆葡萄，媽點了香草，我則點了薄荷巧克力碎片。

「看，太陽出來了！」喬治望著窗戶外頭。「我們到那邊的長椅去吃冰淇淋。」

可是所有東西仍閃著水光、被雨水浸得溼透。媽咕噥著說會弄溼，喬治不禁皺起眉頭。「妳們女孩子也太嬌生慣養了，」他抱怨著說：「不過是一點點水罷了，又不會少一塊肉。」他一把抓著媽拉她坐下，當她一屁股坐進長椅中央冰得要命的一灘水，不禁尖叫出聲。喬治發出爆笑，伸手來抓我，長了一堆毛的手臂伸得老長。我轉身想跑，可是他動作太快，早已扣住了我手臂後方，甚至擦過我的肋骨。他拖著我坐下，我手中的冰淇淋啪的落地、糊成一團。媽在講話，語調高亢而且不悅，但我眼中看見、耳中聽見的只有喬治。他的目光一路遊走到我頸子，接著來到我胸前的軟肉。

這是我初次發現他有一雙藍色的眼睛：淺淺的冰藍，讓我想到尼加拉大瀑布。那是六年前父親帶我們去度假的地方。我之前怎麼會沒注意到呢？

13

我在一個冰箱大小的房間裡，讓人忍不住幽閉恐懼症發作。四壁距離我的臉幾乎不到一英尺，我沒有轉身的空間，燈光也微弱得幾乎什麼也看不見。這裡令人窒息，我頭暈眼花、試圖轉頭，卻是徒勞無功。

如果我不要驚慌、專注一點，就會看到牆上有東西在閃閃發光。我伸出手指，順著那些閃亮亮的神祕物體摸索，試圖找到出路。這些是……腫塊嗎？形形色色、有大有小、圓圓滑滑的凸起。我戳戳捏捏，試圖釐清狀況。

搞什麼鬼？我到底在哪？

我努力回憶前晚睡前有沒有發生什麼詭異的事，但並沒有。那不過是個普通的夜晚。

不對，妳在想喬治的眼睛。

突然之間傳來刺耳聲響。當我試圖找出噪音來源，燈的開關打開了。我在光中眨著眼，適應之後，我忍不住發出驚叫。

眼睛，到處都是眼睛。

它們注視我，跟隨著我的所有動作。有的是玻璃似的魚眼，如大理石那樣閃閃發亮。有的讓我想起一隻兔子——那是我們三年級班上的寵物。某天早上，我們發現牠死在籠裡，同學全都一齊放聲痛哭，隨著抽噎身體起伏，同時老師則拚命想恢復秩序。有的也可能屬於一頭鹿——可能是父親意外在路上撞到的那隻，害他車前的保險桿掉了下來。因為想到了這些，我再次開始尖叫，不顧一切想要逃走。我用力搥牆，讓所有東西隨之顫動。那些眼珠掉了下來，降雨一般淋了我一身。

我一定會死在這裡；我完了。沒有人知道我不見。

媽。幾週前的晚餐景象浮現腦中，魚眼在我盤中到處滾動，此外還有吞下魚眼時渾身一陣震顫的興奮。我伸手向前，顫抖著去碰牆上的眼睛。它們輕而易舉掉了下來，我一口吞下，幾乎沒有品嘗味道。霎時間，一個聲音傳來——刷——房間亮了起來。

原來要這樣才能逃出去啊。

我沒有任何遲疑，一顆又一顆地拔下眼球，貪婪地塞進嘴裡。我把它咬爛，猙獰咀嚼，感覺著一團團物體滑下喉嚨。我一直吃到胃整個塞滿發痛、到牆上空無一物。房間變得更寬廣了，走道延展開來。我踉蹌起身、開始走動，同時豎耳傾聽。這地方好熟悉，我認得它。

——這是我們的舊家，只是現在徹底空蕩一片。

「有人嗎？」我喊道，「有人在嗎？」我的字句四處迴響，撞到牆壁反彈回來。

我在走道末端看到媽和爸的舊房間，裡頭似乎空空蕩蕩，但我仍朝那裡走去。我一跨過門檻，一盞燈便叮的在我上方亮起，耀眼而炫目。

地上有個東西，是一只盤子，盤中央有一個閃著光澤的球體，可見一抹鮮豔的藍色。

我蹲下去靠近看。

那是一顆眼睛，人的眼睛。乾淨、潔白、美麗，沒有任何瑕疵，虹膜周圍有一圈黑色。這個藍看起來十分眼熟，我怎麼也移不開目光。那或許是我這輩子見過最魅惑人心的東西。

這一次我毫無恐懼，飢餓與渴望驅策著我。我倏地攫走盤中眼珠，還來不及多作思考，就將整顆塞進口中。軟組織既厚且硬，我一直咬，直到它破掉爆開，鹹鹹的液體流下喉嚨，它嘗起來美味至極，有著一絲回甘，一股檸檬氣味，和小番茄很像。

我吞下最後一滴，看著房子變得更寬廣。那仍是我們的舊家，但現在變得很巨大，就像我上學途中偶爾經過的豪宅；我從沒進去過那種地方。

雖然我已不再困在那擁擠密閉的空間，恐懼感卻仍揮之不去。我還是搞不清楚自己身在何處，或為什麼被帶到這裡。我想離開；我想出去。

光線減弱、房間變暗。我低頭望著自己的雙手，上頭黏答答的，還覆蓋著深色物質。我踉蹌退後，把顫抖的手指高高舉入光裡。

是血；我的手上滿滿都是血。

我猛地驚醒，心臟在耳膜裡頭狂敲猛跳。我臉上都是汗水和淚水，旁邊的智賢緊緊將枕頭抱在胸前，漆黑長髮呈扇形在床單上散開。月光透過百葉窗斜射而入，灑落在我們書桌上，照亮了妹妹收集的太陽能搖頭娃娃。每到晚上，它們就會搖頭晃腦，用卡通風格的雙眼注視著我不放。

我努力拼湊起夢境，試圖參透其中意義。但是母親花園的景象卻莫名躍入我的腦海。

我們初次搬進屋裡的那天，車後裝著一堆箱子，父親跟著廣播放的每一首歌又是拍手又是哼唱，就連不熟的歌也照唱不誤。他興高采烈、心情大好。智賢和我面面相覷，因為他的舉止有些尷尬——畢竟實在太少看他這樣了。爸也不是老是悶悶不樂，不是這樣的，但他的怒火向來都是更巨大、更恐怖的怪物，每次只要這隻惡虎出巢，我們都會紛紛尖叫著找地方躲。相較之下，他的快樂比較低調，也比較壓抑。

我們唯一見他這樣的時候，是在他公布自己買下店面的那天。「坐下，」爸把智賢和我帶到沙發，媽跟在他後面緊扣著雙手。妹妹的第一個反應是擔憂，然後忍不住又往腳踝摸去。這一切都太正式了，我們從來沒有像個外人一樣被叫到沙發去「坐下」。起先父親一臉的高深莫測，但沒多久就開始滔滔不絕，他話說得越來越快，直到臉面脹紅、講話顛三倒四。他讓我非常困惑。

「真的沒事嗎？」我忍不住問。

「沒事，」他又笑又哭。「沒事，一切都很好。」

我們到家時，父親溫柔又充滿愛意地拉住母親的手，帶她走到後院——他很少這樣坦露感情。那裡很小，雜草叢生，黃色的蒲公英在風中搖擺。也許正因為這地方屬於我們看起來才會那麼美麗。智賢打量四周，我替她遮擋太陽光。我們沒說話，只是緊緊抓著彼此。我知道她在想什麼，也知道她心裡有什麼感受：她很開心。

媽很快就將後院變成一座欣欣向榮的花園，每一吋土地都受到好生照料、種滿東西。有水果、蔬菜，紫色風信子及結滿芳香花朵的大花曼陀羅。有時，智賢和我會在晚上從樹上摘下一片片粉紅花瓣，吸著它們甜美的香氣，直到頭暈腦漲。春天時，我們會有高麗菜、紅蘿蔔和白蘿蔔；夏天則有多汁的紅色草莓和大小不一的番茄。

說到番茄，它們真是棒得不得了。「你在雜貨店是買不到的。」爸邊大吃大嚼邊如此宣布。我們赤腳走在後院，仍潮溼的草地在趾間發出嘎吱聲，籽從他牙齒間探出頭來。從前我超討厭番茄，但在見到父親和他的喜悅之後，我體內升起一股連我都不曉得的渴望。我從藤蔓拔下一顆番茄，深深咬進果肉之中。它蘊藏了陽光的暖意和一股韌勁，鹹甜果汁在我舌上爆開。

智賢嗤了一聲，顫了顫，在自己那側翻身；她的膝蓋狠狠壓在我背後，然而我仍迷失在盛裝我們家族回憶的洞穴之中。

當我再次沉入睡眠，突然領悟：盤中的眼球和喬治的眼睛如出一轍。藍色。是灼灼發亮的藍色。

14

「智媛！」

傑佛瑞一面對我揮手一面小跑步過來。今天他戴了圓形的金屬框眼鏡，手裡拿著一本小書，身上穿著熨燙平整的排釦襯衫，腰際綁了件毛衣，嶄新的球鞋閃閃發亮。我偷看了一眼書封：奇瑪曼達・恩格茲・阿迪契的《我們都應該是女性主義者》（*We Should All Be Feminists*）。他發現後伸長了手遞給我。「妳讀過嗎？」

我搖搖頭。

「妳應該讀一下，這本書超棒。如果妳想，我看完可以借妳。我們在女性研究課上討論這本書，作者真的很厲害，她的想法實在不同凡響。」他用指甲敲了敲書背。

「妳週末過得怎樣？」他問。

「我和我母親的男友見了面，」我聳了聳肩，努力想裝得毫不在意，傑佛瑞卻瞪大了眼。

「該死，一定很不愉快。」

他等我繼續話題，但是我沒有多說，他便直接問道，「所以發生了什麼事？」

「有點複雜。」

「怎麼說？」他問。

我有些遲疑，他感覺到我不太願意說，便表示：「其實我算是有一點經驗，畢竟我爸媽在我很小的時候就離婚又再婚。我有繼母，也有繼父，花了點時間才習慣這件事。此外，我的繼父……應該算是個混蛋。我們至今還是處不好，雖然都過六年了。」

「真的是爛透了，」我張開嘴，但在一瞬的猶豫不決後又閉了起來。「這真的超詭異。我聽說百分之五十的小孩父母到最後都會因某種原因分開，我……我只是從沒想過自己會成為其中之一。」我說，可是突然意識到自己說話太直而有點尷尬。

「我也是。」

「你和你繼父為什麼處不好？——如果你覺得不自在，可以不用回答。」我補充。

傑佛瑞瞇著眼去踢腳旁的一顆石頭，石子劈哩啪啦滾過水泥地。「他認為自己什麼都是對的，我們常常吵架。他不喜歡我穿衣服的方式、覺得我老愛耍小聰明，或是……我不知道啦，他每次都能找到看不順眼的地方。妳呢？」

我啃著指甲，「他真的讓我很不舒服。」我慢慢地說，努力想找出能正確形容喬治的詞句。「我妹妹也這樣覺得。就是……有些中年白男對亞洲女性有種莫名的著迷？」

「你說像某種癖嗎？」傑佛瑞嗤了一聲。

「沒錯。他嘗試對我們說韓文，又好像沒事人一樣對著中國餐廳的女服務生說謝謝，然後——」我停頓一下，「如果我媽沒那麼喜歡他事情就簡單多了。」

傑佛瑞點點頭，一臉嚴肅。「我有好多次想告訴我媽我多不喜歡約翰、多不希望她嫁給他，但是到最後，畢竟這是她自己的人生，也是她必須做的決定。我不想逼她，這樣不公平。但是這種情況向來很難熬。」

「你好成熟。」

他聳聳肩，把鼻梁上的眼鏡往上推。「我盡力了。妳知道嗎？奇瑪曼達·恩格茲·阿迪契有一個超棒的TED演講提到這個主題，講的是如果在一個議題上只聽從單一方面的說法，以及只靠這樣獲得論述和假設會有多危險。有沒有可能他其實和妳想像的並不一樣？妳父母是什麼時候離婚的？」

「他們沒有離婚。」我迅速回答。

「噢好，那分居？」

「三個半月了。」

「或許這也影響了妳對妳媽新男友的看法？」

「大概吧。搞不好他對所有女人都是那樣，不只亞洲女性。」這本來應該是個笑話，可是說出口後我卻因為尷尬臉上開始熱燙。

但無論如何傑佛瑞依舊笑著表示。「只要妳想找人聊聊，我一定會在。」

傑佛瑞在我最意想不到的狀況下闖進我的人生，這令我十分驚訝。我走在他身旁，高度意識到他靠得有多近，他的手臂又是如何擦過我的手臂。我對他的智慧和對世界的見解印象深刻。即便我和他人的交流也很有限，依舊覺得自己從來沒碰過像他這樣的人。我希望他喜歡我，非常非常希望，而且我很久都沒有這種感受了。我希望他成為我的男朋友，成為我能信任的人。

但妳還記得自己是怎麼對待老朋友的嗎？

高中之後，我最好的朋友——珍妮、寒星和莎拉拋下了我，後來我就對此有所提防，對新認識的人也小心翼翼。然而，如果我說我不寂寞就是在說謊。我會在校園看到學生三五成群、談笑聊天，我卻只是站在那兒，思索著自己為什麼連融入都沒有辦法。

傑佛瑞和我比較早到課堂，往前排尋找位置。而中央有個座位已經坐了個漂亮的黑人女生，就是我第一天撞到膝蓋的人。她抬起頭對我微笑，我完全沒有多想，直接朝她旁邊的座位走去。

我坐在她左側，她轉過頭，我被她的美貌嚇了一跳。她的雙眼像是兩池蜂蜜，有如液體黃金，還有一副絕對能拍睫毛膏廣告的濃密睫毛。她鼻梁上綴了一片雀斑，我發現自己傻呼呼地盯著看，趕忙假裝在包裡找東西，停止這種行為。

「嗨，」她說：「我是艾莉希斯。」

我和她握手握了太久，發現坐在我左側的傑佛瑞正皺著眉頭注視著整個互動。我介紹了他，但馬上發現我連自我介紹都還沒做。

「他是傑佛瑞，我是智媛。」

「很高興認識你們。『智媛』對嗎？」她第一次就成功說對我的名字，連一丁點遲疑都沒有。「我們文學課同一堂對吧？歐蘭德教授？」

「沒錯！我都不曉得我們同班耶。」

我們講話時，艾達娜教授正好進教室，她清了清喉嚨，我們立刻專心轉向前方，我卻忍不住又看了艾莉希斯最後一次。傑佛瑞在我另一邊，注意到我飄忽的眼神，偏了偏頭，臉上露出好奇神情。

「她跟妳說了什麼？」下課後，傑佛瑞邊將雙手塞進口袋邊問我。稍早他拿的那本書已不見蹤影，而他整個人散發著某種煩躁氛圍。我忍不住緊張起來。

「誰？」

「妳旁邊那個女生，艾莉莎什麼的。我聽不到她在說什麼。」

「噢，艾莉希斯啊。她是說她跟我有一堂課同班，文學課，歐蘭德的。」

「文學？妳還有什麼課和她一起嗎？

「我想就這樣了。」

「我要嫉妒了，我只和妳有一堂同班，她有兩堂。」雖然他露出一臉燦爛笑容，眼中卻毫無笑意。我開始在想他好像不是在開玩笑。

我懂的，身為一個一輩子都不擅長交朋友的人，我真的懂。不知道有多少次，我看著她們把我排擠在外、越來越親近，而我怎麼也甩不開對朋友的占有欲。就某種程度而言，傑佛瑞和我一樣。我們都習慣站在邊緣看著圈子裡面。

「我猜這大概表示我們下學期得一起上三堂課才能超越了。」傑佛瑞用玩笑的語氣說。

「那當然好，」我說：「呿，如果你想四堂也可以。」

他笑著說，「好囉好囉妳這貪心鬼，四堂就有點太多了。」

我凸出兩顆門牙，用雙手模仿動物的模樣。他大笑到得抓住我肩膀才不至於翻過去。

「總之艾莉希斯人很好，」我說。儘管我一提到她，傑佛瑞臉上的開心笑容就垮了下來，變得很安靜。為了讓他安心一點，我說：「你不用擔心她，我完全懂你的感受。」

他似乎有點嚇一跳，但還是點了點頭。這次他特別伸出一手放在我肩上。「我們可以彼此關照。」

「確實。」

我們站在那裡望著對方，小鳥在我們周遭啁啾，氣候暖和，圍住這塊四方地的樹上葉子都轉成了紅或金色；學生到處可見，或走路、或談天、或歡笑。我現在也成為他們的一員，我屬於這裡了。他們在享受秋日天氣，我們也是。傑佛瑞毫無預警地把我的手機從我口袋拿過來——這動作太過親密，讓我有些措手不及——他輸入電話、打給他自己。我看著他的手機螢幕在他手中亮起。

「好了，」他說，「現在只要我們想，就隨時可以跟對方聊天。」

15

喬治今晚來過夜。智賢在我們房裡氣得七竅生煙，一腳將枕頭踢過房間，撞到牆壁落在地毯上，可憐兮兮地塌成一團。我有點想叫她住手，但知道她不會聽。

「她甚至沒問過我們同不同意，」她說，枕頭又碰的一聲打在牆上。「她難道不在乎這樣會讓我們很不自在嗎？她為什麼會覺得這樣沒關係？」

打從我們和喬治見面已經過了幾個禮拜，我們對他的容忍已經耗盡。他幾乎每天都待在我們公寓，占據父親原本的空間——餐桌上的空位、沙發的右側。這全都不對了。但我只是微笑點頭，假裝一切都好。

喬治銳利的目光時常落在智賢和我身上。他看著我們、估量我們、一層一層將我們剝光。他的眼神中帶有一種飢渴，我們就像他的獵物。有時，當我轉過身，會發現他正盯著我們看——他甚至連裝作有禮貌、假裝沒在看都省了——每當我看見他的雙眼，便會想起我的夢。

「妳不能跟她說點什麼嗎？」智賢問，「現在還不算太遲。」

「是要說什麼？」

「他都已經天天待在這裡了，真的還需要過夜嗎？」

「如果妳有問題，自己去跟她說。」

她一臉火大。「妳為什麼就不能站在我這邊一次？」

「我一直都站在妳這邊啊，」我反駁道，她拿起枕頭。「要是妳敢拿那東西砸我——」

碰，我跳起來抓住她，把她摔到地上。智賢放聲尖叫，門嘎吱一聲打開，出現在門口的人——我們的房間門口——是喬治。他的眼睛閃閃發光，「欸欸欸，妳們打枕頭仗怎麼能不叫我呢？至少讓我在旁邊看啊！」

我們立刻手忙腳亂地分開，智賢雙臂交叉在胸前，我則把頭髮梳順，喬治呵呵笑著高舉雙手，掌心對著我們。「女孩們，我只是開個玩笑——妳們媽媽要我來叫妳們小聲點。」說完後他關門離開。他前腳一走，智賢就一頭倒在床上。

「他噁心死了，我恨他。」

我輕拍她的頭。「我懂。」

「那我們為什麼不能做點什麼？妳為什麼就不能說點什麼？」

「妳以為媽真的會聽我的話嗎？」我說。而智賢只是嘟起嘴巴做為回應，「就一晚，」我特別點明，「如果他想在這個破公寓多住一晚我才會訝異。此外，睡在媽旁邊超不舒服的。妳忘記我們以前和她一起睡午覺時她睡相有多差嗎？」

她嘆口氣。「妳說得沒錯。」

「就讓媽開心點吧。」我說，「她經歷了這麼一大堆鳥事，妳不覺得她值得過快樂一點嗎？」

「是啦，」智賢巍顫顫地吸了一口氣。「在我認識的任何人中，她比誰都應該過得快樂，」她閉上眼，往後靠在我胸口。她的洗髮精氣味飄進我鼻子裡，是一股人工的水果香氣。智賢輕得像羽毛，比空氣更輕盈。我伸出雙臂摟住她肩膀，讓她不至飛走。

有一些事是我知道但智賢不知道的。

父親離開一週後，我回家時發現媽坐在地上，整間公寓伸手不見五指。當我開燈，便見到她恍若幽魂的身形：打結的頭髮垂下臉龐、白色睡衣鬆垮垮。我嚇到忍不住放聲尖叫。

在高漲的腎上腺素消褪後，我發現那是我的母親，於是俯身輕碰她的肩膀。「媽？」她陷入恍惚狀態，眼睛直盯前方，那雙眼睛十分無神。我對著她毫無血色的臉又是彈指、又是拍手，她還是一動也不動。我去搖她，拉她的頭髮，把水潑在她蒼白的頰上。我推測她大概是精神崩潰，可憐的母親。我眼前的她只剩一副空殼。「媽，」我大聲尖叫，「醒來！快醒來！」

我想打給爸，卻霎時想起對我們做出這些事的人就是他，他就是撕裂我們的那個人，也是讓媽變成這樣的原因。不管怎樣，我都不曉得他到底會不會接電話，所以怕得連試都不敢試。就在我一面顫抖著手一面大口吸氣，決定要撥九一一的時候，媽抬起頭看了我。

「我好想死。」她說。

我一瞬間血液凍結。我聽錯了嗎？我真不敢相信她竟然說出這麼可怕的話。可是她又說了一次，這次語調更加輕柔，字句消散在空氣之中。「我、好、想、死。」

「不要，」我開始啜泣。「不要說了，妳嚇到我了。」

「可不可以抱我一下？」她問道。

她從沒做過這種要求。當我朝她伸出手，動作看起來笨拙又好笑。我伸出雙臂，緊抱住她發抖的身軀，感到她冰冷皮膚上全是雞皮疙瘩。她的淚水落進我手中、滴到地毯上。我看著她落下眼淚，瞬間領悟我們的角色對調了。不知怎麼，我成了母親、她變成女兒。她將全身的重量靠在我身上，頭倚著我胸膛。我不禁思索她能否聽見我的心臟跳得多快。我感到一條單薄而纖弱的線將我們捆在一塊兒——我若移動，它會斷嗎？為了以防萬一，我靜了下來，像雕像那樣堅定不移、動也不動。

最後，她終於離開了我，臉上的恍惚神情消失。那時我的雙臂已經因為抱她抱太久痛了起來，衣服也溼溼答答，沾滿了她的眼淚。

16

「今晚我可以睡另一邊嗎？」我問。距離喬治和媽回房間已經過了大約一小時，智賢在我旁邊梳頭髮，我則假裝自己在讀書。她的頭髮還是溼的，每梳一下都會把水噴到我手臂上。她看我一下，一臉困惑：我從沒說過要和她換邊睡。

「為什麼？」

「反正就是這樣。」

「是哪樣？」

「妳為什麼每件事都要質問我？」我問：「昨天晚上妳差點把我擠下床，我只是想要至少有一次睡得舒服一點。」

智賢用力嘟起嘴，「那妳要給我什麼？」

「還是算了，」我火大地爬進我那邊的床鋪，智賢用詭異的眼神看著我，把梳子放在桌上。

「妳想要的話，我那邊給妳睡。」

我一個字也沒說，直接滾到她那側。她爬進我旁邊的被窩，然後為了更進一步惹惱我，她用冰冷的雙腳碰我赤裸的大腿。我沒把她的腳推開，而是放任她這麼做。智賢沾枕即睡，呼吸穩定規律，我一直等到確定她完全睡死，才把頭靠到牆上。如果我用盡全力，就能聽見隔壁的呼吸聲。

喬治的呼吸聲。

這聲音令我顫慄不已。他睡得很沉，每呼吸一口氣都像哽到一樣口水噴濺。我讓想像力恣意奔騰，即使在黑暗之中都能清楚看見他的眼睛。它們耀眼、美麗，離得非常近，就在牆壁另一邊而已……

🍴

今晚，母親的房間看起來變得不同。窗簾是藍的、地毯是藍的、羽絨被是藍的；一切都是藍的。天窗（我們什麼時候有天窗了？）灑進一道蒼白光束，照在床的中央，我知道那就是媽和喬治睡的位置，他們依偎在毯下，腦袋被蓋住。

我不顧一切往前朝著床墊上那團凸起走去，對毯子伸出手。儘管我覺得不該這麼做、儘管覺得他們醒來一定會對我發脾氣，還是一把掀開了毯子。

瞬間，閃過一道模糊的動作，傳來溼漉漉的聲響，好似一團溼紙巾掉在磁磚地板上。我抑制自己的尖叫：床上的不是母親，也不是喬治。

那是……一顆巨大的眼球。喬治的眼球。溼漉漉的，啪唧作響，有一個人那麼大。眼球的虹膜呈現牽牛花的明亮藍色，朝著我緩緩轉過來、注視著我，看著我的每個動作。我閉上眼尖叫，直到有什麼狠狠打了我一耳光。

妹妹的臉龐出現在上方，在黑暗中恍若一顆焦慮又蒼白的月亮。「姊，」她用沙啞的嗓音說：「妳沒事吧？」

「沒事，」我邊說邊坐起身，「我沒事。」她先憂慮地看了我一會兒才躺回去。

當她睡著，我再次把耳朵貼到牆上，聽喬治的呼吸。

17

感恩節早上，公寓裡悄然無聲。我醒過來，發現智賢坐在地上，正用一罐櫻桃紅的指甲油（我百分之百確定是我的）塗自己的腳趾甲。

「嘿，」她頭抬也沒抬。「喬治來了。他說我們今天晚餐要去吃中國菜，不吃傳統感恩節晚餐。」

這是我們第一個沒有父親的節日，公寓裡好安靜，感覺很怪。我墊著腳尖走出去，希望能看到母親站在爐子前方——但是沒有。她坐在沙發上，喬治攬著她。他們在看電視，低聲咕噥交談。我溜回房間。

爸總說感恩節是美國所有節日中最美國的，我們也一定要慶祝，讓所有人曉得我們屬於這裡，我們也是優秀的美國人。

「對於我們來說又再難一點，因為我們是亞洲人，」爸一派嚴肅地說：「我們需要證明的事情會更多。」

他會要媽買一隻粗壯的火雞，而媽則會為此揮汗如雨苦戰好幾個小時。火雞烤好後總是無味乾柴，爸卻吃得津津有味，往我們盤中堆滿了肉。

今晚我們不當優秀美國人——至少根據父親的標準不是。我們沒吃火雞，而是坐上喬治的小貨車，去了一個叫**大鍋炒**的地方。那裡位於距離我們住處不遠的美食街，食物意外相當美味，雖然不算正宗，但是很棒。他們端上的茶水滾燙，蒸餃裡的豬肉軟嫩多汁，炒飯美味可口，還點綴了胡蘿蔔、豌豆和一些雞蛋。退一萬步說，今天其實算是不錯。智賢心情很好，因為喬治選的餐廳很棒；喬治也高興，因為我們的服務生是一個叫愛蜜莉的亞洲女人。他旁若無人，貪婪地看著不停。我們的菜來時喬治不斷伸長了脖子找她身影。

可是來的卻是別的服務生，一個身材高䠷的金髮白人女孩，喬治馬上變了臉色。

「嘿，你們有需要什麼嗎？」她問。

喬治搖頭，緊揪著他的餐巾。她一離開，他就轉過頭火大地瞪著她遠去的身影。「之後我們再也不要來了。」他怒不可抑。

在車上，他火力全開地對著照後鏡指指點點、不停說教，彷彿冒犯他的是智賢和我一樣。「我們出門吃飯可不是隨便吃一吃，我們非常認真，是要來體驗文化的——體驗真正的文化。如果我們沒有文化，還剩什麼？什麼都不剩！」

「那也不應該是吃正宗中國餐廳啊。」智賢表示。

喬治猛地踩下煞車，害我們狠狠往前衝撞。媽轉過來，啪的摀住智賢的嘴。

「親愛的，你說得對，」她無視想移開她手、火冒三丈的智賢。「我們再也不來這裡了。」

開進公寓停車場時，我的手機響起。珍妮傳來訊息，也就是我的「前」高中好友。

嘿，妳明天會在嗎？我們回來了，想去看看妳。喝個咖啡怎麼樣？

我被這突如其來的訊息嚇了一跳，第一個反應是無視。可是珍妮這人一旦認為自己是對的，就會鍥而不捨堅持到底，她會一直逼到我除了答應以外沒有其他選項。我就這麼放置了一小時，不理會她又傳來的另外兩則訊息。可是我再也拖不下去了，於是回了一個字。「好。」

18

第二天，我早早醒來盯著天花板看，深感不安，無法猜透我的高中好友到底要跟我說什麼。我們很久沒說話了，就是從……她們毫無預警離家上大學的時候。

這當然是我的錯，我很清楚。但我希望她們能理解我做的一切都是出自好意。

我換了衣服，刷了牙，注視著自己的倒影。我的眼袋變得更黑了。我伸手去摸，希望它能消失。我探出頭望著外面，即便時序已經入秋，天氣依然暖和，天空藍得不可思議。喬治的虹膜剎那間在我腦海閃現，我搖頭甩掉這景象，可是在我上車時它又再度回歸。

我緊抓著方向盤，用力到指節發白。珍妮、莎拉、寒星，我打從七年級的第一天就和她們變成好友，我們一起上中學和高中，曾經天天見面，就連學校放假或暑假也全年無休——一直到她們三人去柏克萊念大學，把我拋在身後。

我又怎麼怪得了她們？

還小的時候，爸告訴我一定要上柏克萊。就算來到美國，他也沒有放下學歷就是成功關鍵的想法。他會週週帶上一大疊表面光滑的招生手冊回家，上面印有微笑的學生與爬滿長春藤的磚造建築。但是他說，最好的是封面上有鐘塔的那所。

「為什麼？」

「那是加州大學柏克萊分校，」爸語氣驕傲，卻把「柏克萊」念成了「柏科萊」。我沒有多想就直接糾正他。

「爸，是柏克萊，不是柏科萊。」

他垮下了臉。「柏、可、萊。」他慢慢地說：「對嗎？」他還是說錯，但我露出微笑。

「對。」

他換成韓文，好像生怕我又糾正他一樣。「那是一所很棒的學校，全世界數一數二好的學校，而且就在加州！那裡的教育就和哈佛、和首爾大一樣好——」他鼓起胸膛。

「——但是學費只有一半而已！」

我朋友和我一樣是韓裔美國人，我們有相同的興趣和喜好，也都做著未來要上柏克萊的夢，彷彿是命數刻意讓我們相遇。由於我們都不能在外過夜，所以改為在深夜用電話一同計畫未來，制訂我們這輩子的藍圖。我們會去念柏克萊，一起住在宿舍，畢業後會一起找工作……等我們都安頓好了、快快樂樂結了婚，我們的小孩未來也會成為摯友。

但這個計畫中有個漏洞，有個我們都沒想過的問題：我沒考上。只有我一個。我們的分數接近，而且因為什麼都一起做，所以課外活動也一模一樣。這根本不合理。為什麼是我？為什麼？

我雖然無法理解，還是接受了這種事也不是我能控制。命確實能讓人聚首，卻也能輕易將人拆散。我能做的就只有接受我的八字，和父親一樣。

入學通知信四月寄來，我們在莎拉家碰面，因為她家最大最漂亮，也因為她父母會給她隱私，這是我媽和我爸不能理解的。莎拉的母親把餅乾和茶放在一個裝飾華麗的瓷托盤上拿給我們才離開。即使我不願承認，但我很嫉妒莎拉，她好像什麼都有。儘管她父母從首爾來到這裡的時間和我父母差不多，她們家的經濟狀況卻更為優渥。莎拉的父親從建設公司賺到的錢多到她母親不用上班。有時我會思忖不曉得她一整天都在做什麼，然後從她臥室的門縫偷看。我們去玩的時候她多半待在裡頭，所以我什麼也看不到。

「數到三，把妳們的信封放到中央。」珍妮說。她在他們家四個小孩中年紀最大，所以也是我們之中最像老大的。

我的信封最小，是唯一和其他人不一樣的。它又扁又瘦，朋友手中的則沉沉甸甸，彷彿揭示了其中裝有柏克萊新生訓練和課外活動的手冊和簡章，一些我永遠不會知道的東西。

「妳們打開吧，」我逼自己微笑，淚水模糊了視線，但我拚命不要哭出來。「我要把我的丟掉。」

「妳一定要打開，」珍妮說：「說不定妳是備取，又或者他們在印妳的文件時用完紙了。」

我撕開那輕薄的紙張，心臟在胸口大聲狂跳。我不在乎、我不在乎，我對自己說。說不定只要我一直這樣重複，就不會那麼難過；說不定我真的能這樣相信。

「大聲讀出來。」莎拉的語氣輕輕柔柔，讓我簡直忍不住想打她的衝動。

「親愛的林智媛，」我開口，「經過審慎評估，我們很遺憾地通知您，您並未錄取為本校二〇一七學年度的新生。今年的申請人數可以說是有史以來最踴躍……」

莎拉抓住我的肩膀，「沒事的，」她說：「說實話，妳完全有資格錄取，妳也知道這些名額有多隨機，智媛，這不代表任何事。」

「我知道，」我說。因為強顏歡笑，我的臉頰失去了知覺。話雖如此，我的表情還是很僵。「我不難過，我已經考上了好學校，那裡很棒，他們也會提供我獎學金，這沒什麼的。」

妳是想騙誰呢？

感覺像是有人用鐵鎚狠狠往我心臟敲，我費力地嚥下一口顫抖的氣息。有一瞬間，我湧上一個瘋狂的念頭，覺得我要是願意開口，她們說不定會留下——如果我苦苦哀求。但接著這個念頭就消散，我又是獨自一人。珍妮正在講話，嘴巴一開一闔，速度慢得有些滑稽。我專注聆聽她在講什麼。

「智媛，我們會常回來找妳的，」她說：「柏克萊沒那麼遠，莎拉也會開車過去，為了妳，我們每個月都會回來；我們之間什麼都不會改變。不管怎樣，我們永遠都會是好朋友。」

「其餘計畫還是可以照舊，」莎拉撇撇嘴燦爛一笑。「我們一畢業就要一起找工作、當鄰居。」

我不相信她們。要是我以為自己還有機會留在她們的人生中就是痴心妄想。她們有自己的夢想和憂慮，我只會成為另一個負擔。如果我無法和她們在一起，她們有什麼理由繼續實踐和我一同開始的計畫？

我藉口擤鼻涕溜出莎拉房間，在寒星的背包旁停下腳步。要找到戒指可以說輕而易舉——她就收在前面最小的口袋。那是寒星最珍貴的東西，是從她祖母一路傳下來的寶物。

莎拉對此一直很羨慕，而且從不掩飾。因為她沒見過自己的祖父母，他們早就過世了，什麼也沒留下。這是她唯一沒有的事物——不管她的父親賺了多少錢，不管她多富有。我回到房間，把戒指丟進莎拉打開的書桌抽屜。戒指墜落，發出耀眼閃光掉入亂糟糟的迴紋針堆和筆堆，幾乎消失不見。

妳們有看到我的戒指嗎？我好像弄丟了。幾小時後，寒星傳來崩潰的訊息，我讀到時心臟不禁瘋狂亂跳。

妳最後看到是什麼時候？珍妮回應。

我們去莎拉家的時候我有看到☹就在背包裡，可是現在不在了。莎妳可以幫忙找一

下嗎

幾分鐘後莎拉回覆。**我在妳放包的地方到處找過可是都沒有☹**

我打字時屏住了呼吸。**寒，妳確定在莎拉家時還在嗎？如果是，那很可能掉在了某個地方……莎，我們明天可以過去幫忙找嗎？**

當然可以！！！下課後過來，寒別擔心，我們會找到的☺

第二天下午，我們四人趴在莎拉華美的門廳滿地摸索，找到背都痛了起來。寒星整段時間都在抽泣。好幾個小時後，珍妮喊停。

「我覺得不在這裡，」她用安慰的語氣說，一手攬住寒星。「我們已經找過樓下的每一吋——」

「等等，」我慢條斯理地說：「有沒有可能掉在莎拉房間裡？」

「不可能，」寒星的眼淚滾下臉頰，衣服前面都溼了。「它在下面，我從來沒有拿上樓。」

「但是，」我堅持道，「我們還是找一下吧。誰知道呢？」

「當然沒問題，」莎拉說：「我無所謂。我知道那枚戒指對妳來說多重要。」

我們所有人魚貫上樓開始找，又是檢查床底，又是全面搜索莎拉的白色長毛地毯。隨著時間經過，寒星越來越崩潰，終於，我瞥到莎拉的抽屜，見到裡頭那一抹幾乎看不見的金色。

「那是什麼？」我問。

寒星衝過去一把撈出來，「我的戒指！」她哭喊著說，鼻涕從鼻孔淌下。她哽咽著轉向莎拉。「妳怎麼可以？」

莎拉甚至來不及回答，寒星已經大步走掉，碰一聲將門甩上。

「現在是怎麼回事？」珍妮問道。莎拉瘋狂搖頭，眼睛睜得老大。

「不是我幹的，我發誓。」

「那會是誰？我們都曉得妳很嫉妒她有那枚戒指，莎拉，我沒辦法相信妳！」

「不是我！」

「隨便啦。」珍妮咕噥一句後就走了出去。

莎拉轉向我，用懇求的語氣說：「智媛，妳會相信我的吧？」

我搖搖頭。「這真的太誇張了。妳為什麼要拿走寒星最寶貝的東西？成熟一點好不好。」說完後，我便丟下獨自哭泣的莎拉離去。

接下來那個月，我將我擁有的一切破壞殆盡。我用珍妮習慣的說話方式寄匿名電子郵件給莎拉（重點在於標點符號——她喜歡用超多逗號）；我裝成珍妮喜歡的男生，用未知號碼傳簡訊給她，讓她去附近咖啡店等約會然後被放鴿子；我在寒星耳邊低語莎拉是個多麼自私的賤人，擁有的比我們多那麼多，怎麼還可以這麼厚顏無恥，拿走這麼重要的東西。

那時我們已不再是無話不談的小團體，我成功地讓大家分崩離析。見證自己在短時間內製造出這等程度的混沌實在令人心滿意足。等她們離開學校，就再也當不成朋友了。

第一個清醒的是珍妮。「怎麼就只有妳沒發生任何壞事？」她滿心懷疑地問，而我困難地吞了一口口水，對這問題措手不及，臉不禁脹紅。

「不曉得，我猜是我走運吧？」

她瞇眼仔細打量我，我立刻知道自己穿幫了。後來，當訊息出現在對話群組（那裡已經安靜了一個多月），我什麼感覺也沒有，整個人沉浸在麻木感之中。

我們知道妳做了什麼……這並不容易，畢竟發生了那些事情，可是我們能夠理解。下週我們會先出發，搬進宿舍。等到感恩節放假回家，我們再來談談。

讀到這則訊息讓我無法呼吸，差點以為自己就要窒息。我關掉手機、爬進床裡，在毯子底下蜷成一顆球。

也許從那一刻，我的人生便開始崩壞；又也許是在我拿著信封的瞬間，我的胸口緊繃到難以忍受。朋友離開那日，我看著她們走，渾然無覺自己正淚流滿面。我覺得自己頭重腳輕，陷入失重狀態，恍若不得不困守在遙遠後方。接著，三週之後，父親表示他也要離開我們。

到最後，每個人都會離開的。

19

我推開門時，一道冰冷空氣迎面襲來。咖啡店人滿為患，擠滿了看起來和我同齡的人，手中都拿著冰咖啡或珍奶。珍妮傳訊息給我說她們已經到了，我尋找她們的身影，瞇起眼在身旁的臉孔裡搜尋。不知為何，她們在我的記憶中變得模糊，我有些擔心她們的外貌已經不同，我恐怕會認不出來——但接著我就看見了她們。她們正在角落，陷在一張軟呼呼的綠色沙發裡低聲談話，臉湊在一起。

基本上她們沒什麼變，只是晒得黑了一點、看起來更開心。她們彷彿散發著暖意。我踉蹌後退，伏著身子躲在一盆植物後面偷看。陽光從窗戶灑入，照出在空氣中的塵埃，它們懸浮打轉。我屏住呼吸。

我應該過去，應該去打招呼，不該像個跟蹤狂似的躲在這盆植物後面。我不曉得自己該怎麼辦，只好拿出手機，卻立刻想起今天早上傑佛瑞傳來的簡訊。因為今天發生的一切，我焦慮到忘了回覆。

他的訊息說，**妳感恩節過得怎樣？妳在幹嘛？**

我很好。哈哈哈我正躲在一盆植物後面。你呢？

哈哈哈！那個，妳這是什麼意思？？？

有點複雜，我回答。

和妳有關的每件事都很複雜……

突然之間，植物的樹葉分開，珍妮從另一邊望著我，一臉困惑。「呃，智媛，妳在做什麼？」

「啊？沒有。我耳環不見了。」我含糊地說。

「那妳找到了嗎？我們可以幫——」

「我找到了，」我說：「不用擔心。」

我用尷尬姿勢側身抱了她一下才跟她走到沙發。她們旁邊沒有空位，所以我坐在桌子另一邊一張孤孤單單的凳子上。凳子比她們坐的地方矮，讓我產生一種她們居高臨下評判著我的感覺。

「妳找耳環找了多久？」珍妮問，「我們都在等妳。」

「就一、兩分鐘。」

「智媛，最近有什麼新鮮事嗎？」莎拉問。她對我向來友善，也很體貼，不該因為我嫉妒她生活無虞、擁有富爸媽就受我的氣。

「完全沒有。」手中的手機震動起來，我低頭看了一下：又是傑佛瑞。

等等，但妳可以解釋妳為什麼要躲在植物後面嗎因為妳挑起我的好奇心了。

我噗嗤一笑，但沒回覆，只是把手機朝下放在桌面。但是它又震起來，我想都沒想就伸手去拿。

不要吊我胃口我快發瘋了！！！

這次我爆笑出聲，使得坐在對面的朋友揚起眉頭。「智媛，妳在和誰傳訊息？」寒星問：「我從來沒看妳這樣過。」

「沒有，」我回得有點太快了，「抱歉，我等下再回。」

「我幫妳點了東西，」莎拉示意桌子中央的飲料，「印度奶茶可以嗎？不行的話我可以點別的——」

「不用，我可以，」我伸手去拿，在桌面留下一灘凝露積成的水窪。我拿了幾張紙巾擦掉，假裝自己全心全意在做這個動作。

莎拉清清喉嚨，「所以……我就打開天窗說亮話了：要來談談離開前發生的事情嗎？」

「有這個必要嗎？」我來不及阻止自己，已經脫口而出，「妳說妳理解我為什麼那麼做，所以不能就這樣放下嗎？又不是說發生了什麼不好的事……」

她們三人交換著眼神。

「但是，」珍妮說：「我們是真的想要和妳好好談談。」

「我不曉得我有沒有辦法做到。」

「為什麼？」寒星說。她火大了起來，皺起眉頭。「妳為什麼要那麼做？妳每次做出不對的事都希望我們能原諒妳。還記得妳拿走珍妮火車票的那次嗎？妳害她沒辦法和我一起去聖地牙哥，就因為妳不能去，所以嫉妒我們。當我們問妳為什麼要這麼做，妳就撒謊。妳從來不道歉，每次都希望我們當作沒發生過這回事。可是這真的很難，而且我老實說好了，妳這次做的事情根本是不可饒恕。智媛，我想知道妳為什麼要這麼做。」

我抿起嘴。「我沒辦法。」我不想再看她們失望的表情，於是又低頭注視我的手機螢幕。看到我這樣，珍妮用雙手一拍桌子，桌子隨之震動。

「智媛，妳到底在跟誰聊天？這真是太扯了，我們努力想讓妳知道妳把我們傷得多深，但很顯然妳一點也不在乎，妳在忙著過新生活，是不是？妳不需要我們了嗎？妳也不在乎我們了嗎？」

「妳說得沒錯，」我平靜地說，把紙巾撕成好幾張碎片。我低頭注視桌面，看著被我弄出的一片狼藉，深呼吸一口氣，「我在忙著過我的新生活、和新朋友在一起，根本沒空搞這些。一切都好得不得了，我家也好得不得了，每件事都超級美好。」

我站起來把東西收一收、走出大門。

20

十二月時，媽對智賢和我拋下一顆震撼彈。當時是期末考週，我覺得自己彷彿就要溺斃。我每天每分每秒都在念書做筆記，手嚴重抽筋，晚上甚至必須冰敷。智賢的地理課也有個大報告得做。晚餐後，我們往往會在媽用靜音看電視時一起在廚房桌上用功。

今晚也沒有例外。我仔細閱讀哲學課本上的每一個字，智賢則用一絲不苟的態度研究地圖，彩色鉛筆散得桌上到處都是。我的手機每隔一陣子就嗡嗡響起，我則會暫停片刻稍看一下。

我一看到這張圖就想到妳，傑佛瑞寫道。

我打開圖片時不禁噴笑；那是一隻臉朝下趴在桌上的橘貓。

哈，我現在還真的是這樣，要看的東西一大堆。

我有猜到。妳讀完哲學課的東西了嗎？如果妳想，我們可以一起複習一些題日，不然

我也可以用貓表符來表示……

😸😸

😸😸😸

我開始打字回覆，媽卻突然開口。「女兒啊？我有些事情要宣布。」我聽了便從手機抬起頭，「喬治要搬進來，只是住一下下，」她補充說：「他的公寓嚴重漏水，所以我跟他說，他們修理時他可以和我們一起住。就一個月，最多兩個月吧。」

智賢張嘴打算爭辯，可是媽只用一個銳利的眼神就讓她閉上了嘴。於是智賢改成找我發洩。

「快說點什麼。」她哀嚎道。

「我要說什麼？」我頂了回去。智賢一聽，立刻火冒三丈地跑回我們房間，一把將門摔上。我腦子深處逐漸累積起一股壓力，可是我今晚還有七十頁得複習，實在沒空處理。

智賢一走，媽就把電視音量轉大。我把同個句子讀了一遍又一遍，直到字全糊成一團。我的惱怒程度直線上升，最後終於啪一下把書闔上。

😾**我真不敢相信，**我打訊息給傑佛瑞，**我媽剛跟我們說她男友要搬進來，因為他公寓出了點狀況。**

扯。他們不是才剛約會不久嗎？

是不是？這真的是扯、爆、了。我正在準備期末，她明明知道專心念書對我有多重要。無言。

真的是扯爆了，很抱歉妳遇到這種事。如果妳想，也可以過來住我家？

我媽和我繼父週一要去度假，會離開幾個禮拜，妳可以睡我房間，我睡客廳沙發。妳絕對可以有自己的隱私。

他的躁進嚇了我一跳，但我知道這只是文化差異，傑佛瑞只是釋出善意。對美國小孩來說，好友之間就是會這樣。噢，你跟爸媽吵架了啊？來住我家。韓國文化一定也有很多讓傑佛瑞難以理解的地方。

不了，沒關係，謝謝你。我會想辦法的。

要是妳改變心意就跟我說。妳隨時需要，隨時告訴我。

第二天，喬治帶著三個大箱子出現，就這麼唐突地把東西扔進我們家客廳。「各位新室友好啊！」他用快活的語氣對智賢和我說。

喬治立刻把這裡當成自己家。洗完澡後，他就這麼把毛巾扔在浴室地板，刷完牙也不把牙膏蓋回去；他放任上面有發硬剩菜的盤子在水槽堆積如山；他喝光牛奶之後還把空盒子擺回冰箱。晚上，如果我們在客廳，他就會盯著我們不放。知道自己被人注視，我感到激躁又恐懼。只要我稍微抬起頭，必定會和他的藍眼四目相交。

「他就不能去住旅館什麼的嗎？」智賢氣得要命，「他為什麼非得來跟我們擠、非來打擾我們的生活不可？」

「住旅館太貴了。」我說，試圖讓她冷靜下來。

「他難道沒有工作嗎？他是沒錢嗎？」

「他是資訊科技顧問，一定很有錢。」

「資訊科技顧問？媽的這到底是什麼意思？」

「我不曉得。幫人裝電腦之類的嗎？我有偷聽到他講一些硬體和安裝的東西——反正媽是這樣說的。他的公司本部在紐約，所以他想在哪裡工作都可以，工時也是彈性的。」

智賢嘆了口氣坐回地上，背對著門。「我好想爸。」她突然這麼說，我不禁一個僵住。她這麼直接了當地說出口，引發了排山倒海的情緒。我眨眼壓抑淚水。

「我不想。」我說。

智賢嚴正地望著我，「妳其實不用跟我撒謊。」

「我沒撒謊。妳現在是覺得我在騙人嗎？」

「有時候妳確實是，」她聳聳肩，「有的時候就算我知道，也不會揭穿妳。」

我改變話題。「還記得爸帶回家的那些餅乾嗎？我們連一片都沒讓他吃到就吃光光了？」我哈哈大笑，智賢也是。「他說我們必須走去雜貨店買一盒新的給他。」

「他氣得要命，」智賢嘆了口氣，「我沒跟妳說，但是兩年前我生日的時候，他讓我待在家不用去學校。」

「什麼！？」我憤憤不平地坐起來。「他從來沒讓我這樣過。」

「他要我答應不能告訴妳，」她咧嘴一笑，手橫過桌子伸了過來。我望著她依序拍打搖頭娃娃，娃娃點頭速度便隨之加快，直到變成一整排應聲蟲，對智賢說的每一個字點頭稱是。「我真的超想炫耀，可是我知道妳一定會氣瘋。」

「這太不公平了吧！他每次都跟我說要是我敢錯過一堂課，一定會被退學然後流落街頭，」我嗤了一聲。「妳還記得他留超久的那個冰箱紙箱嗎？他每次都說『萬一智媛以後不念書但是需要地方住，就可以住這裡。』有夠扯。」

「真的是，」智賢眼中的淚水閃閃發亮。「他真的是世上最扯的人。」

我抱住她，這樣她就不會看見我也在哭。

21

哲學期末考時我的頭痛了起來。是壓力性偏頭痛，都是這難到令人憎惡的考試害的。我在心裡詛咒艾達娜教授，身旁的傑佛瑞則下筆如飛，舌頭甚至從嘴角伸了出來。另一邊的艾莉希斯則一下快速作答、一下陷入深思，拿筆敲著下巴。我努力瞇眼想偷看她的答案紙，但她字太小，很難讀到。

雖然傑佛瑞沒說出口，但他不喜歡艾莉希斯。一個月前，他們在課堂討論時發生了劍拔弩張的對峙。討論的題目是機運、自由意志與人性。傑佛瑞的立場是機運或命數並不存在，艾莉希斯則持相反意見。

「妳的意思是什麼都事先安排好了嗎？」傑佛瑞說：「那這一切還有什麼意義？如果一切早就注定，我幹嘛還要來上課、來學習、來做這些？」課堂上其他人也低聲附和。

「我不是說你做的選擇沒有任何意義；你完全搞錯重點了。」艾莉希斯說：「你做的選擇意義非常重大。我這樣說好了：你人生的重大事件已經先被安排好，可是你會怎麼理解這些事件、怎麼選擇道路？這在在受到你的決定影響。傑佛瑞，也許你的命運是未來要成為醫生，可是你現在做的選擇決定了十年或三十年後這件事會不會發生。」

傑佛瑞用力抿嘴，臉變得很紅，而且顯然被艾莉希斯的話激怒。

「我完全沒有搞錯重點，」他咕噥著說：「我現在就可以出去跳到一輛車前，然後立刻終結妳對命運的愚蠢主張。」

聽到這裡，艾達娜教授馬上介入，終止了討論。然而，艾莉希斯的話卻不斷在我腦中重播。長久以來，我深深相信自己面對八字是束手無策，只能夠乖乖聽從命運安排，無論它帶我去到什麼地方。可是艾莉希斯的話說不定是對的。沒錯，關於我能做什麼、不能做什麼，確實有很多限制——我確實不可能成為總統或億萬富翁——可是除此之外，我還有上千種可能。

不幸的是，從那之後傑佛瑞和艾莉希斯就明顯迴避對方。每次只要我對傑佛瑞提起艾莉希斯，他就會瞇起眼睛；他從來不會直接講她怎樣，可是會說些挖苦的評論。例如：「我打賭她的學校大概沒有辯論社。」或「活在一個認為發生的一切都有合理原因的幻想世界一定超棒的。」而我要是提到傑佛瑞，艾莉希斯會比較友善，雖然言外之意其實相去不遠，只是換了個主詞。

我在這兩位新朋友間陷入相當幽微的兩難境地，我甚至不能讓他們出現在同一個空間，不能一起讀書、一起吃飯，一起做什麼都不行。不可否認的是，比起艾莉希斯，我和傑佛瑞更親近。但只要和艾莉希斯相處，我就會想要一直一直坐在她旁邊。就算最後我們什麼也沒做，就算最後……我會莫名感到緊張又迷惘。

我摀著臉努力回憶教科書內容。我今天早上才在看的，那個講女性權利的段落在我腦海裡忽隱忽現。我更用力地壓著眼睛，透過薄薄的眼皮感受它們的堅硬。

在模糊的黑暗中倏地閃過一道鮮明藍色，我努力專注，直到它具現出來，化成一顆眼球的形狀；喬治那完美的眼球。它飄浮著，卻觸手不能及。如果我把手伸長一點就能抓到，盡情揉捏。我就快碰到了……

「智媛？」

我倏地睜眼。此時我回到了身旁坐著傑佛瑞和艾莉希斯的講堂，仍一片空白的考卷掉到地上。艾莉希斯一手放在我手臂上，溫柔地碰了碰我。「妳沒事吧？」

我猛地站起身，所有人都轉頭看我。「我得先走了，」我咕噥著說：「我不舒服。」

艾達娜教授露出同情表情對我點點頭。當我走到講堂前方把考卷遞給她，因為意識到自己可能會被當掉，胃莫名翻了一下。她低聲說：「好好休息。」

她在可憐我，我看得出來，而且恨得要命。我恨她。我恨她愚蠢的考試，也恨喬治和他可怖的藍眼睛；我恨世上所有一切。

未來我會變成什麼人？我會遇到什麼事？高中時，我在應屆畢業生裡的平均成績是第三高，上大學前我從沒拿過低於A^-的分數。如今，我坐在長椅上望著學校其中一座圖書館，拚了命甩掉深深嵌在胸口的絕望。

重點在於，爸離開後我必須更加努力。他還在時至少會幫忙顧著媽和智賢，可是現在要是我被退學，我的人生——和她們的人生——就全完了。我們沒有信託基金、沒有備案，我沒有任何時間找出自己的祕密天賦。母親幫不了我，因為她連自己都無法拯救。我只能靠自己找到好的工作、賺到足夠的錢，幫她撐過去。

我一直很羨慕那些不必面對這種毀天滅地壓力的小孩，他們根本不曉得自己擁有多少、又有多麼幸運。我發現自己常會思考，不曉得自由自在地活著、過著不受束縛的人生、不必扛著周遭所有人的期望，會是什麼感覺？

公車還有一小時才會來，我走進圖書館，試圖讓自己分一會兒心。圖書館宏偉又壯觀，四壁都是砌得複雜精細的磚造結構，地板是棋盤格磁磚，外加高懸頭頂的華麗水晶吊燈。空氣中瀰漫紙張和皮革的香氣，我先深吸了一口氣才晃到電腦那裡。只有一臺空著，於是我坐下來，拿出學生證登記使用。

我往後靠在椅子上端詳周遭的學生。每個人都很專心，完全沒注意到我。我趴在螢幕前面搜索「藍色眼睛」的圖片，但是只有照片是滿足不了我的，我還需要更多。所以我google「藍色眼睛有多硬？」出來的結果卻和我的問題八竿子打不著。我皺起眉頭再次嘗試「藍色眼睛和棕色眼睛有哪裡不一樣？」還是一無所獲。我偷看坐在旁邊的女生，雖然知道自己什麼也沒做錯，還是緊張到爆炸。

我知道藍色眼睛一定很好吃，絕對比棕色的還要美味。尤其是喬治的眼睛。我雖沒有科學證據能證明，可是對我來說棕色引不起任何食慾。棕色就像從鞋底刮下來的泥巴，或洗完碗後剩在水槽底的髒東西；棕色是腐敗的顏色。

我當然不會真的去吃喬治的眼睛。我告訴自己，這比較像是一種病態的好奇。

所有眼睛看起來都差不多，遑論是什麼顏色或屬於誰的。怎麼可能會不同呢？畢竟它們都只有一個目的：觀看。

根據搜尋，眼球形狀接近球體，由角膜、虹膜、水晶體、黃斑部、瞳孔和視網膜組成。視網膜透過神經連到腦部，負責執行「觀看」的動作，會將影像傳送到腦部。在水晶體和視網膜之間則是透明無色的果凍狀物質，填滿眼球的三分之二，讓它呈現圓球形狀。

「不好意思？」

有人拍我肩膀，我轉過來時同步跳出視窗。有個學生交叉著雙臂站在我身後；他有一雙明亮的藍色眼睛。我的胃一陣翻攪。他看到我螢幕了嗎？他知道我在做什麼、在想什麼嗎？

「有什麼事嗎？」我緊張地問。

「不好意思，但我想妳用電腦的時間到了，」他說：「我預定的是一點。」

「噢！對不起——」我站起來收拾東西，手機咚一聲掉到地上。他俯身撿起，微笑遞給我，我則像被催眠一樣接了過來，卻忍不住目不轉睛地盯著看。他露出困惑的表情，我只能逼自己別開目光，趕快從門口逃離。

我錯過了公車，只能恍恍惚惚地走去車站。對於在圖書館遇到的男孩，我除了那雙眼睛外什麼也記不得。這太詭異了。我說不出他的身高或臉形，甚至他的穿著和打扮，卻能斬釘截鐵地告訴你：他的虹膜就和父親深深喜愛的牽牛花是同一個顏色。

22

為了慶祝第一學期結束，媽煮了一頓大餐。她親自把超市買來的魚削皮去骨做成韓式生魚片，加上辛辣的辣椒沾醬。鮭魚頭被放進滋滋作響的鍋中油炸；계란말이——雞蛋捲裡放了切碎的紅蘿蔔、青蔥和火腿；咕嘟沸騰的大醬湯中有滿滿的嫩豆腐和櫛瓜。煙霧瀰漫公寓，引發廚房裡的警報器。喬治從她房間探出頭時她正焦躁地揙著煙霧。

「這聲音是怎麼回事？」

「沒事！沒事！晚餐好了，快來吃！」

看到桌上那顆鮭魚頭時智賢發出作嘔聲，媽在她還來不及開口前就一陣搶白。「智賢，今天我不想聽妳講那些話，」她用嚴肅的語氣說：「如果妳不喜歡，也可以不用吃。魚頭今天特價。」

我妹坐在我身旁噘起嘴，喬治不但嘲笑她，還刻意凸出下唇模仿。今晚他穿著一件藍色襯衫，使得眼睛更顯燦亮。我不想盯著他看，於是轉而去看魚頭，注視那張得大開的嘴，裡頭尖銳的小牙齒與冷冽的廚房燈相映發亮。魚看著我，喬治也是。而當他說「你知道中國人會吃魚眼睛求好運嗎？我在中國時每天都吃。」我不禁渾身發熱、陷入驚慌。

「不只中國人喔，」智賢咕噥。「你要是想吃，還得先搶贏姊和媽才行。」

喬治咧嘴一笑，「我愛魚眼睛，因為它真心美味，至少對我們這些熱愛亞洲文化的人而言是這樣。」他伸手把筷子夾進指間。我還來不及反應，他已將我的筷子打到地上，在地上摔出鏘一聲。

「欸！你幹嘛？」

「我對於搶魚眼是沒有問題啦，但既然妳現在沒東西可夾……JW，看起來妳出局了！」

他熟練地把第一顆眼球從眼窩挖出來扔進嘴裡，我們凍結在原地，無聲地盯著看，耳中聽到的唯一聲響就是喬治吸吮眼球上的肉發出的吧唧吧唧。他沒嚼也沒吞，而是將手伸進口中，把眼球拿了出來。眼球閃著光澤，因為唾液溼答答的，上頭的皮肉和脂肪全不見了。

「如果妳還想吃，可以給妳，」他戲謔地說：「我都幫妳清乾淨了呢。」

我渾身顫抖，汗水從背後淌下。

妳想吃，妳非常想吃。

我蠕動嘴巴，卻發不出聲音；那些字句全卡在喉嚨裡。智賢彷彿感覺到我的不適，一把將喬治的手從我面前拍開。

「你到底有什麼毛病？」她厲聲說道，喬治臉上的笑容散去。「你真是有夠噁心。如果你真心要吃，最好在我吐得整桌都是以前快點把它吞下去。」

「妳沒事吧？」智賢伸手貼著我額頭。

「沒事，」我把她的手推開。我看得出她很受傷，可是我不在乎。我眼中只有喬治，我只能看見他捏著那顆滑溜溜的魚眼，嘲弄著我。

「妳確定嗎？」她一面撫平床單，一面把枕頭拍鬆。「妳最近的舉止超奇怪的。」

「怎說？」我交叉雙臂瞇眼打量她，力持鎮定，可是胸中的心跳卻響亮如雷。她怎麼會知道？

「我不曉得，妳感覺……很不像妳。妳心不在焉，而且也睡不好，晚上一直翻來覆去，都把我吵醒了。我不想說是因為知道妳會過意不去，可是……」她伸手過來幫我拍鬆枕頭。

「我很好，」我火大地回嘴，一把將枕頭從她手裡搶回來。「妳不需要擔心我，反正這也不是妳的責任。還有，這件事我可以自己做，謝了。」她的手又朝腳踝伸去。通常我都會阻止她，可是今天我放任她抓了又抓、直到流出血來。

我們沒跟對方說任何話就直接上床睡覺。她面對著牆，我則對門；我們背碰著背。我想和她換邊、想聽喬治睡覺的聲音，可是不敢開口。我怕要是開了口，真相就會被她發現。

23

放寒假幾天後，成績公布，我的哲學一如預期被當掉。可是其他科成績更是嚇得我魂不附體。

藝術史十一：中世紀藝術，C（合格）

大氣與海洋科學一：空氣汙染，D（不合格）

英文72A：小說概論，B⁻（合格）

哲學四：當代倫理議題之哲學分析，D（不合格）

我的平均分數低於2.0，並且必須接受留校察看。要是我下學期不把成績拉上來，獎學金就沒了——甚至得接受更重的處罰。

我坐在客廳的共用電腦前面重整網頁，一遍、一遍、又一遍。這不可能是真的、不可能發生這種事的，對吧？然而那封信卻原封不動、無法抹滅，不管我多努力想讓它消失都沒有用。陽光透過陽臺窗戶灑進來，讓我們的公寓浸潤在金色的光芒裡。

這裡只有我一個人。智賢和朋友出去了，媽在工作，喬治在……做他該做的事。我感到太陽穴一陣抽痛。起先很隱約，但隨著我顫抖著吸進的每一口氣，疼痛越來越強烈。我的視線灼熱模糊起來，我瞪著牆壁，太陽在整面白色上投射出倒影，一顆耀眼的橘色球體展開、崇動，變得越來越大。那是一顆迷你太陽，就存在於我們的公寓中。圓滾滾，像顆眼球，像喬治的眼球。它亮到會刺痛人，我卻移不開眼睛。

自我懲罰。

它徹底將我吞沒、吃下，直到我除了痛以外什麼也感受不到。我的心跳與太陽穴上的陣陣抽痛變成同個頻率。怦咚、怦咚、怦咚。

我別過眼神，低頭趴在桌上。額前的木頭冷冷冰冰。我閉上眼，等待疼痛退去。

幾分鐘後，我抬起頭，令人訝異的是整個公寓已經一片漆黑。太陽沉下了，我透過百葉窗看見滿月低垂在空中，也見到身後有個深暗人影正四仰八岔地攤在沙發上。

「喬治？」我小聲地說，突感一陣恐懼。「喬治？是你嗎？」

我躡手躡腳朝著那道影子走去。是喬治沒錯，他睡得很熟，嘴巴張得老大，口水從嘴角滴出來。我注視著他，反胃和困惑兩種情緒交替。這畫面極度詭異，我甚至沒聽到他進來的聲音。我到底睡了多久？

我逗留在他上方，研究他的面孔。即使這裡烏漆抹黑，我也能看見散落他臉頰的痣和平整的眼皮，還有底下露出的一絲白色。我想掀開那對眼皮，我想要看、想要碰，我想……

我想在口中感受軟組織嘎吱響。

我想用舌頭品嘗鮮血的鐵鹹味。

我腳邊地毯上好像有個什麼東西；那是我們家的菜刀。有一次媽被那把刀割了好大一個傷口，甚至得去急診室縫。月光照著鈍鈍的刀鋒，我想都沒想，直接撿了起來。刀拿在手裡感覺沉甸甸的。

殺了他。

「嘿！醒醒ＪＷ！」

我猛睜開眼。我在公寓中，在電腦前面，前額還貼在桌上。我的右手緊緊抓著滑鼠，現在還是大白天，每樣東西都被照得有如著火。喬治注視著我的臉，眼中的藍顯露驚訝神色。他一手放在我肩膀，我馬上甩掉。

「別碰我。」

他放開我，手軟軟垂在身側。「怎麼了？妳為什麼要討厭我？」他受到冒犯，「我又沒有做出什麼不對的事，我叫醒妳是因為妳在做惡夢，妳剛剛一邊睡一邊大吼大叫。」

我於是失控爆怒。這一切——全都是他的錯，就是他害得我一直做惡夢、學校成績還變差。更糟的是，就是因為他，父親才永遠不會回來。我站起來推了他一把，狠狠出拳揍他胸膛。喬治扣住我手腕，用力到我忍不住叫出聲音。

「ＪＷ，妳搞什麼鬼？妳今天是怎麼回事？」

「你去死！」我放聲尖叫，淚水汩汩滾下臉頰，「去死！你以為自己是誰？我爸嗎？而且他媽的我也不叫ＪＷ，我是智媛！你至少應該要把名字講對！」

他震驚到放開了我，我踉蹌退後，緊緊抓著自己的手腕。因為被他抓住的關係，我手上留下鮮明刺眼的紅印；他的手指在我皮膚烙下肉眼可見的痕跡。我憤怒地逃離他身邊，碰一聲把房門甩上，力道之大，整個公寓都在震動。

在智賢愚蠢的搖頭娃娃旁邊有一幅裱框的全家福，那是我們少有的合照，是在去紐約和尼加拉瀑布時照的。我們看起來好開心，開心到幾乎令人難以置信。我們以前是這樣的嗎？照片裡的真的是我們嗎？臉上掛著笑容、手臂還勾在一起？

我的父親抬起頭對我笑。也許是照片的緣故，但是他看起來好破碎好脆弱。我把照片扔進垃圾桶，聽著碎裂的玻璃如雨一般落在金屬上。

24

不知何時，智賢回家後又把照片從垃圾桶撿了回來。照片表層有點刮到，但其餘沒什麼損傷，那幾張快樂臉龐正在桌上凝視我。我聽到她在外面跟喬治講話。難得一次，她不像是在和他吵架。

我們上傳來輕敲，是媽。她探頭進來。「可以聊聊嗎？」

「大概吧。」

她在床邊坐下，雙手在毯子上摸來摸去，長繭的手指不時勾到鬆脫的線頭。

我很緊張，雖然我並沒有緊張的必要。母親很少生氣，多半只是嚶嚶哭泣罷了。脾氣火爆的人是父親。他要是發火，通常誰的話也聽不進去。乾洗店關門那天，爸在房子的灰泥隔板上搥出一整排洞，媽則把自己鎖在浴室裡掉眼淚。

「喬治都告訴我了，」她把頭髮塞到耳後。她食指的指甲斷掉，邊緣參差不齊。因為在乾洗店和雜貨店辛勤工作多年，她的手染了色又粗糙，因此十分自卑。而我每次看到就會覺得自己很渺小，彷彿必須對她經歷的所有不快樂和不公平負責。我為什麼不是男生？為什麼不是個自信、強壯又有能力照顧她的人？如果我有一百萬，一定會買棟房子給她，每個禮拜帶她去做指甲。

她看起來好悲傷，我的愧疚感排山倒海。我太自私了，我害她傷心難過，而且沒有控制住自己的情緒。於是我只好專心看著她的手，全神貫注，這麼一來就不必看她的臉了。我的視線逐漸模糊。

「我不是這樣教養妳的，」她慢慢說道：「他把事情告訴我時，我真是太震驚了。我問他說，你確定你講的是我們家智媛嗎？我完全不敢相信。」

我的眼中盈滿淚水，垂下了頭，眼淚一滴滴掉到床單上，像雨一樣急驟降下。「對不起，我不是故意要惹妳生氣的。」

「我知道這很不容易，」她放輕了語調，「妳可能會覺得很突然……就是我和妳們父親之間的一切，還有喬治……我……我可以理解。」她抓住我的手用力捏緊。「但是喬治哪裡也不會去，他承諾會永遠留下來，而我需要妳和智賢跟他和平相處。我已經跟智賢說了，她也答應我會對他好一點。妳也可以試試看的，好不好？就當作為我著想？」

下午的夢境仍栩栩如生，我想拒絕，想說我不可能對喬治好，我想說她的要求我根本做不到。可是她臉上的痛苦不見了，換上一副充滿希望的表情，並因此煥發出一種易受摧折的脆弱光芒。我除了點頭之外別無他法。「妳開心就好。」我對她說。

她露出微笑、將我抱住，暖暖的臉頰緊貼我的臉。「妳不介意跟他道個歉吧？」

「如果妳想要的話。」

「他真的很難過；妳真的傷到他了。」

「我不是故意的。」

媽站起來拉著我的手帶我走到客廳。喬治抓我手腕留下的痕跡雖然淡了，還是看得見。「親愛的，」她出聲喊道，「智媛有話想要跟你說。」

喬治從電視前方轉過頭望著我們，我想像自己開始長大，越來越大，就像《愛麗絲夢遊仙境》中吃下蛋糕的愛麗絲那樣塞滿整個空間。我俯身將一顆眼球從他臉上拔出。然而，在現實生活中我卻是那麼渺小。他得意洋洋地笑著，顫動著揚起嘴角，那雙惡劣的眼睛與我相望。我突然湧上一個感覺：他好像非常清楚我那些糟糕的念頭。

「對ㄅ起——」我說得太急，字全糊在了一塊兒。

「什麼？我聽不清楚。」

「對不起！」這次我音量大了些，智賢刻意去看牆壁，媽則看著喬治。喬治先抹了抹那張汗涔涔的臉才大聲笑出來。

「一般人道歉的時候都會禮貌性地看著對方的眼睛——如果是真心致歉的話。」喬治仍在冷笑，兩顆門牙上沾了些食物。他知道我很不舒服，這個混帳，而且他非常、非常享受這樣。

「她說對不起了，」智賢的眼淚就要奪眶而出，因為憤怒而臉頰緋紅。「你為什麼要這樣？」

「ＪＨ，我是在跟妳說話嗎？應該不是吧，」他的語調極其愉悅，卻假得不能再假。「如果要我一直等下去那也沒關係啊。」

看著他就好，智媛，快點結束這件事。

我深呼吸一口氣，直接看著他的眼睛。今晚，他的虹膜散發光芒，呈現出比往常更鮮明、更銳利的藍。我恍若被催眠一般墜入其中、陷溺在裡頭——

「姊？」智賢擠過媽身邊，碰了碰我的背。「妳沒事吧？」

我的指甲摳進掌心，總算被疼痛帶回現實。「我沒事。喬治，對不起，」我說：「我之前不該對你說出那些糟糕的話。」

喬治站起身朝我走來，伸手端起我的下巴。我覺得自己猶如被困在琥珀裡的蚊子。

「這樣好多了。」他得意洋洋地說。

我坐在馬桶上哭，哭到覺得自己就要吐出來了，整個浴室莫名在我腦中旋轉不停。電扇嗡嗡響，紙筒上的衛生紙用光了，媽的吹風機電線在地板上打結成一團。有人敲了一下門，接著傳來智賢壓低而著急的聲音。「姊，我可以進去嗎？」

我沒回答。

她又敲了一次。

「不要管我。」我說。

謝天謝地，她很聽話，我聽到她的腳步聲消失在轉角。我抱住膝蓋，覺得自己好渺小、好愚蠢、好無力。我的衣服黏在胸口。緊接著門把開始隆隆響，我抬起頭，正好看到門碰的一聲被打開，智賢一副大獲全勝的模樣站在門口，手裡拿著一根髮夾。

「姊！妳別哭，要我去殺他嗎？我可以殺了他，」她說：「只要告訴我妳想要我怎麼做。」

她真是傻啊。我站起來擦掉眼淚，覺得對她、對喬治——對每一個人都好憤怒。她懂什麼？她才十五歲。為什麼是她來安慰我？為什麼我的母親在公寓一角和她的爛男友卿卿我我，智賢和我卻得孤立無援地在這裡拼湊破碎的自己？我恨死這樣了。

「不要管我，」我咆哮著說：「妳幫不上忙，妳什麼都沒辦法做。」

她露出受傷的表情。我應該要難過，但我沒有。如果真要說，我心情反而更好，彷彿我將痛苦轉移到了她的身上。

25

我開始滿腦子充斥著喬治死亡的念頭。我一面坐在桌前登記秋季學期的選課，一面想像他遇上車禍或是摔了個大跤。也許他會在每天早上去我們社區的渾濁泳池游幾圈時不幸溺斃。我幻想著他那失去生氣的身軀和無神的雙眼。

媽一定會痛不欲生，可是這麼一來她就無須等待任何人，幾個月後就能向前看，找到另一個新對象——我們也可以向前看。

傑佛瑞和我有兩堂課一起上：亞裔美國人研究七：亞裔美國人運動，以及歷史四C：日本歷史。兩門課都是他推薦的。我們現在幾乎天天傳訊息——他會傳貓照給我，然後聽我大吐喬治的苦水。

他把一切都毀了，我實在等不及他的公寓快點修好。我真的討厭死他了嗯。

我懂。真希望我有辦法可以幫到妳……😸

你已經幫到我了，聽我每天講這些垃圾哈哈。

妳每天都這麼痛苦，我這樣幫好像不夠。

很夠了啦☺我超級感謝你！！！！你真的是我的超級好朋友。

哈哈哈不用客氣🐱

我離開對話視窗，不小心點到另外一串對話，胃不禁一沉。那是珍妮、莎拉、寒星和我的群組，它打從感恩節假期後就無聲無息。我把訊息讀過一遍，無視翻湧而上的痛苦，按下刪除鈕，它便徹底消失——咻的一聲——不見蹤影。

我不需要她們；我現在有傑佛瑞了。

喬治走進來，鑰匙在手中叮噹作響。他剛結束和一個客戶的會議，穿著西裝和一雙閃閃發亮的黑色牛津鞋，而他完全懶得脫下，直接碰碰碰踏到地毯上來。媽跟他說了十幾次不要把鞋穿進公寓，但他屢勸不聽。因為他的關係，門旁地毯都被踩黑了。

他沒和我打招呼，打從道歉那晚他就充滿敵意。我其實無所謂。他不知道在咕噥著什麼，逕自走進媽的房間，聽起來簡直和豬沒兩樣——*他就是豬*。喬治一轉過身，我就開始想像要如何把刀插進他脖子裡。

26

新的學年開始。我在秋季學期的第一天坐上公車，腦中一團亂，連結思緒的線路糾纏打結。我想著我選的課，以及為了擺脫留校察看必須拿到幾分；我想著傑佛瑞，今天早上他傳了兩張貓圖給我；我想著智賢，她最近對我愛理不理；我想著艾莉希斯，不曉得她在做什麼。我想著喬治，今天早上他眼睛眨也不眨地凝視著我，令我不禁打了冷顫。還有我的老朋友——我想，不曉得她們殺時間的時候都會做些什麼。

萬事通珍妮——她最喜歡為爭而爭。高中的時候大家都說她難相處，可是其實她都是出於好意，而且一直很照顧我們。

含著金湯匙出生的莎拉——儘管如此，或者說就是因為如此，她慷慨善良又體貼，總有辦法讓人覺得自己與眾不同。她善於聆聽，能讓你真心認為自己是全世界最重要的人。

年紀最小的寒星——因為天資聰穎，她四年級就跳級。寒星是我們學校的畢業生代表，好勝心非比尋常。雖然如此，我去年得流感病倒時突然來訪的人卻是她。我咳得超級嚴重，還發著高燒，她卻出乎意料帶來一大鍋蔘雞湯與裝在保溫罐裡暖呼呼的蜂蜜生薑梨子茶。

我後來才知道，她花了整整六小時熬煮蔘雞湯，將雞和人蔘小火慢燉。就連媽都說湯的美味是她喝過的前幾名。

公車壓過路面凸起，讓我從座位猛地一彈，頭撞上窗戶。

別再想她們，妳已經不需要她們了。

我在第一堂課看見艾莉希斯，她揮揮手，拍拍身旁的空位。「放假有好好休息嗎？」她問。

「應該還行吧。」我深呼吸一口氣。不知為何，我下意識地對她坦承了事實。我往前靠，悄悄地對她說：「我被留校察看了。我最近不太好，一直睡不安穩，家裡又出了事。真心希望妳的假期比我好一點。」能大聲說出來真是令人鬆了一口氣。

「怎麼會這樣呢？」艾莉希斯配合我壓低音量。「如果這樣說能讓妳安慰一點……我最近也睡不好。我母親生病了，而且……」她的音量越來越小，彷彿受到沉重打擊。我也是第一次注意到她眼下的黑圈。

她清清喉嚨，在袋子裡翻找。「希望這樣妳不會覺得我太直接……但是既然妳家的事我幫不了，也許在失眠上我可以幫妳。我姊給了我這些藥，應該是安眠用的，非常有效——我吃下去只要三十分鐘就能睡著，有時更快，如果我運氣好。」她往我掌心塞了三枚白色膠囊，我完全沒有低頭看就直接收進口袋。

「謝謝，」我咕噥著回答，「真的很謝謝妳。還有，妳媽的事我很遺憾。」

「確實很糟，不過她已經好多了，」艾莉希斯望著自己的指甲，然後摳起肉刺，把皮撕得碎碎的。「總之，留校察看的事妳不用擔心，」她嘟囔著說：「我認識很多人也這樣過，卻從來沒聽說有誰真的被踢出去。這間學校很寬容的，尤其如果你私生活有點狀況。妳想要的話我們也可以一起念書。」

「那就太好了。妳功課一定比我好很多。」

她哈哈笑。「沒有到很多啦！都沒人告訴我一聲需要這麼拚。是說傑佛瑞呢？你們兩個好像老是黏在一起，他是妳男友嗎？」

「不是！我們沒有在約會。」我回得有點太快，只好假裝咳了幾聲，希望她沒注意到我這麼磕磕巴巴。

她仔細打量我，眼神像刀一樣銳利。「那好吧。所以妳有想和他約會嗎？」

「沒有！我對他一點興趣都沒有，完全沒有。」

「真的嗎？那我倒是有點訝異。妳應該知道他超迷戀妳的吧？」

「不可能啦，我們只是朋友。他也知道我對他沒有那種感覺。」

艾莉希斯翻了翻白眼。「妳在開玩笑嗎？只要見過他和妳相處的樣子絕對看得出來。不過妳對他沒感覺也是好事。」

「為什麼？」

「妳不覺得他有點怪嗎？他有些不太對勁，妳都沒有感覺到嗎？」我搖搖頭，她則聳肩回應。「那可能只有我吧。我總覺得他和表面裝出來的完全不同——我的意思是，妳沒聽見他在哲學課上說的話嗎？」她壓低聲音，試著模仿他。「『男性和女性之間的權力運作狀態並不平衡，這導致女性缺乏自主權，而這都是因為世上的男性支配及父權制度全球化之後衍生出來的。』荒謬到我都忍不住寫下來了。」她翻翻白眼，「拜託，這根本都是一堆胡說八道，他只不過是把流行語七拼八湊，想讓自己聽起來很聰明。」

「他是我朋友，」我說：「說實話，妳根本不認識他。如果你們兩個沒在學年一開始針鋒相對，現在一切應該就會好好的。」但即便我這麼說，她描述的情景至今卻仍歷歷在目，並且讓我有些尷尬。有時候——或說不只是有時候——傑佛瑞自以為是得有些過頭。三不五時，他甚至會在說這些話時加上奇怪的口音，而我往往假裝沒注意到。

「抱歉，」艾莉希斯說：「我不是故意冒犯的，妳確實應該捍衛自己的朋友。大家常說我『沒有邊界感』。」她呵呵笑著伸出手指在空中比畫引號，我也跟著她一起笑。「總之，妳有我號碼嗎？」

我搖搖頭。我將手機遞給她時手在顫抖，我們的手指相碰。「傳訊息給我，這樣我就有妳電話了。」她說。聞言，我的胃一陣翻騰。

即便湯普森教授已經走進來開始講話，我還是無法專心。艾莉希斯熱燙的號碼彷彿燒穿我的口袋，而當手機嗡嗡響起，我嚇得跳了起來，手忙腳亂地翻找。即使她就坐在我旁邊，面對著教室前方。

是傑佛瑞。**妳在哪裡？**訊息這麼寫著，**下課後要一起吃點東西嗎？**

艾莉希斯的話揮之不去。我怎麼會感到這麼不安呢？

我瞥了她一眼。她的手指在筆電鍵盤上飛舞。

今天真的很忙☹，我回覆，**改下次？**

才開學第一天耶妳怎麼可能很忙啦。別這麼守規矩，就放縱一次！！！來去喝咖啡，不會多久的😸😸😸

我真的不行☹，可能下週吧。

OMG哈哈妳有的時候真的很誇張欸……妳現在在哪？我可以去找妳然後給妳聖誕禮物😸😸😸

你人真的很好！！！你其實什麼也不用送我。我這堂課完後真的得閃人，要幫我媽做事。我們週五上課見☺

其實真的不用多久但是好吧OK😸

我打字回他，差那麼一點就準備舉手投降、和他見面。惹他不開心我有點抱歉，尤其他還對我這麼好。可是接著我就意識到，傑佛瑞一直以來就是這樣，就算我說不要，他還是會一直盧、一直盧到我說好。我再次望向艾莉希斯，這次她注意到了，於是咧嘴一笑。

「怎麼啦？」她用嘴型說。

「沒事。」我也無聲回應。

即使處於疲憊且憂慮的狀態，艾莉希斯依舊很美。我把手伸進口袋，一個接一個觸摸她給我的藥丸。她的友善和慷慨被我握在手中，好像有千斤之重。

🍴

我從最後一堂課離開，發現整個校園被霧濛濛的毛毛雨籠罩。太陽消失在灰色雲朵後方。我沒帶雨具，只能把包包舉在頭頂急急忙忙跑到公車站。艾莉希斯的一切在我腦中徘徊不去，掩蓋了我對傑佛瑞的疑竇。

還有另一個人在等公車。那人緊緊包在厚圍巾、帽子和夾克裡，遮得密密實實，根本看不出長相或到底是誰，我只能看到眼睛，顏色很深很深。可能是棕色。那雙眼先快速瞥了我一下才別開。

等公車終於抵達，我已經溼到了骨子裡，冷得牙齒都在打顫。我點頭對那人示意你可以先上，但對方搖搖頭，似乎在說妳先吧。

公車門打開時，一陣強力暖風迎面而來。我原先緊繃的狀態立刻鬆弛下來。因為手指麻了，所以我一面看著外面經過的車輛一邊吹手。公車發出尖銳呼嘯啟動。儘管車上空無一人，那個校外怪咖依舊坐在我的正對面。

我在下車站起身，發現那人也站了起來。即使裡面這麼暖，那人也沒把身上任何東西脫下來，連圍巾也沒摘。我的毛衣早就乾了，所以這人穿得一層又一層，底下絕對是大汗淋漓。

我坐公車期間從沒看過有誰和我同站下車。可是今天，當我大步走上人行道，卻聽見身後跟了個輕柔的腳步聲。

27

我每走一步就隱約聽見回音。起先我說服自己一切都是我的想像，可是走了幾個街區後，我很確定自己被人跟蹤了。一定是公車上那傢伙。我只要加快腳步他就會跟著加快；我一慢下來，他也跟著慢。

我馬上往不好的地方想去：我想像自己遭人綁架、強暴或謀殺，因此渾身竄過一陣恐懼，心臟狂跳。我身上沒錢，只有家裡找到的幾毛錢而已，加起來根本沒多少。我的包包裡裝的都是筆記本、原子筆和鉛筆和印出來的學校作業。我身上沒有任何值錢的物品，只有這一副身體。而只要想到我的身體可能遭受何種對待，我就不禁反胃。

還小的時候，爸要我學跆拳道，並且非常確定未來有一天我一定用得到。我非但沒有心懷感激，還很生氣。當時的我根本不懂。

「我不想學，」我大哭著說：「你不能逼我！」

父親為了與我平視，蹲了下來。他臉上的表情十分肅穆，「未來有一天妳可能得了解怎麼保護自己。」

現在我理解了他感受到的恐懼和想像的恐怖遭遇。就是因為這樣，他才要我學會自我防衛。我在腦中將所有可能的場景預演一遍。我可以戰鬥，但很可能會輸，尤其如果對上的是男性；我可以跑，但有很大的可能他比我更快；我可以尖叫，但等到真有人來我可能早就死了——或下場更慘。我雙手抖個不停，腦中浮現一樣東西，我只能當成救命稻草。

那把刀。

爸離開幾個禮拜前，我和他吵了起來。當他發現我大多會搭公車上下學，就要我隨身攜帶摺疊刀。當他在我面前把刀打開，我嚇得要死。刀刃是那麼尖、那麼閃亮，看起來是那麼致命。我難以想像我為什麼會需要這種可怕的東西。

「我沒辦法無時無刻陪在妳身邊，」他邊說邊把那塊冰冷的金屬塞進我手裡。「如果不能確定妳的安危，我就沒辦法放心。」

我突然領悟，他那時一定早就知道自己要離開。當他說出那些話，一定就是這個意思。

我盡可能不動聲色地將手伸進包裡。刀子塞在最底下，被吃剩的食物、髮圈和我那些買了又忘的唇膏掩蓋。我悄悄在心裡感謝父親，將刀展開，等待腳步聲靠近，直到我感覺陌生人的呼吸吹上頸背——

我迅速一個轉身，手中的刀差點飛出去。我在最後一刻抓緊刀柄，刀刃對著前方，抖個不停。

——面前一個人也沒有。街燈啪的亮起，一圈圈黃光在柏油路上舞動。今夜的新月垂首對我微笑，風吹呼嘯，樹隨風飄搖。一切仍因下雨溼溼漉漉。這裡只有我一個人。

我緊抓著刀繞過轉角拔足狂奔，衝到我家公寓大樓前門。我先回頭確認了一下才打開，摸索尋找家門鑰匙。我一進去就氣喘吁吁地檢視街道。

我不敢相信——可是沒有人，真的沒有人。

可是那個人是真的啊。那人在跟蹤我，那不是我想像出來的。

但如果是這樣，人呢？

爸對我解釋過，身為女生，我必須瞭解自己多麼脆弱。他說世上危機四伏，別人可以輕而易舉在放學回家的路上直接把我抓走，對我做出可怖行為。我卻對他的話置若罔聞，認為他是杞人憂天。就算我獨自走在路上也沒有人會多看我、多注意我一眼。

我是如此相信自己刀槍不入。當我想到喬治、想到我想對他做出的行為，卻沒有任何一秒思考過「他」可能對我做什麼。我走到一半猛然煞車、心跳加快。

萬一，跟蹤我的就是喬治呢？

28

我走進電梯，因為筋疲力盡垮著肩膀。我很害怕，刀仍舉在身前。雖然進了大樓應該要覺得更安全，我卻覺得彷彿末日將至。

他知道妳在想什麼，他會第一個找上妳。

我們的大樓電梯四面都鋪成深灰，蓋滿髒汙，按鈕上的數字老早就被刮花了。每次只要有客人來（雖然很少見），智賢或我其中一人就得下樓帶他們到正確樓層。天花板上只有那麼一顆爛燈，權充上百隻死蟑螂的小窩，它們早就成了一堆化石，觸角風化成碎屑。爸比誰都痛恨電梯，每次我們搭著上上下下，他都會咕噥整路、煩躁不已。

最初搬進來時，年邁的鄰居李太太就被困在裡面過。消防隊被找來後花了快四個小時才用鐵撬把門撬開。李太太整段時間都在痛哭，因為她覺得自己一定會死在裡頭。我們救出她時她抖個不停，坐在自己的尿裡。好幾年過去，她的尿味仍在電梯揮之不去。

磨損的金屬門闔上了，咻一聲帶我上升。快到住的那層時，我腦中所有可怖念頭亂七八糟撞在一起——要是喬治已經在那裡等我，該怎麼辦？要是他就在電梯的另一邊，該怎麼辦？我無法控制，手瘋狂顫抖。門滑開來，我把刀高舉過頭，準備狠狠刺入某副血肉之軀，然後——

「三小啦！？」智賢踉蹌後退，舉起雙手擋在面前。「妳幹嘛？」

「天啊智賢，對不起。我還以為……」

「妳瘋了嗎？我出來找媽——妳這又是在幹什麼？」

走進公寓時，我把整件事情跟她說，但是小心地沒把對喬治的懷疑說出口。我假裝完全不知道那人是誰。她一邊聽，慢慢變得越來越蒼白，緊緊捏起拳頭。

「我真不敢相信。妳不要再搭公車了，那不安全。我們要不要報警？」她的手又默默移往腳踝，我戳了她手一下，搖了搖頭。

「別抓。」

她皺起臉，「我們要不要報警？」她重複道。

「不用，沒事的，不用報警，反正也沒用。什麼也沒發生。」

「只是『現在』什麼也沒發生，但之後呢？要是那人又回來呢？」

智賢焦慮到有如熱鍋上的螞蟻，嘴巴說個不停。我盡可能一邊改變話題一邊溫柔地握著她的手。「妳說媽怎麼了？妳找不到她嗎？」

「嗯，我有點擔心。她一個小時前就說會回來，現在她又不接電話，喬治也沒接。妳覺得會不會……」她憂慮地望著我。「妳覺得會不會那個人對他們怎麼樣了？天啊，我的天啊。」她站起來開始踱步。

「她一定沒事的。」我音量很小，其實不確定相不相信自己說的話。「再等一下吧，如果她還是沒回來，我們就去找她。」

我們家門口突然傳來一聲震破耳膜的尖叫，是女人在叫喊的聲音。智賢和我同時拔腿朝來源衝去，還不小心撞在一起。當我們跑到門口，門正好碰一聲打開。門口的人是媽，她正在哇哇大哭，眼淚潰堤般不斷流下。而喬治站在她身後一臉難為情。我看到他時忍不住瑟縮了一下。

媽舉起左手，我一個箭步往前、緊緊握住；鞋架碰的倒到地上。

「怎麼了？妳哪裡受傷了嗎？」我喊道。

媽似乎失去了語言能力，講不出任何能讓人理解的話，口齒不清地吐出一堆胡言亂語，卻又不斷把手伸到我臉前。我摸不著頭緒，但智賢擠過我身旁，然後倒抽了超大一口氣。

直到那時我才理解她到底是在哭什麼：她手上有一枚訂婚戒指，鑲著一顆和我小指指甲一樣大的鑽石。媽總算找回了自己的聲音。

「我們要結婚了！」她尖叫著說。

29

喬治暫離去拿慶祝要吃的中國菜外賣——坦白說，那看起來就只是一般外賣——媽則用超誇張的方式重演一次求婚過程。她不斷把重心從一腳換到另一腳，雙手戲劇化地比來比去。

「真是太浪漫了。」她臉上露出如夢似幻的表情。「他問說能不能去藥局買點藥，在紅燈停下來時他就問我要不要和他結婚。我跟他說不要亂說話啦，但接著他就把戒指從口袋拿出來。」

智賢在她背後擠眉弄眼，媽則急匆匆跑進房間，丟下沙發上的智賢和我。我們尷尬又沉默，仍在避免對上視線。從我們坐的位置能聽見媽在臥房裡的動靜；她正在打給通訊錄上的每一個人，告訴他們這個大新聞。

我心底湧出一股沉重且痛苦的感受。這裡太小又太悶熱，我想往眼睛搧風，我想哭，但身旁的智賢一臉悲痛。

跟蹤我的人不可能是喬治，時間對不起來。

當我閉緊了眼睛，智賢抽泣出聲。「怎麼了？」我悄悄問她，「妳怎麼了？」

「媽和爸的離婚，」她說：「我都忘了，現在已經正式成立了。」

「是哪時候？」

「就今天。」

我腿上的手蜷縮起來，感覺好重，我的身體彷彿不屬於自己。我巍顫顫地站起身，智賢抓著我一手扶著我。我在腦中搜尋著父親的面容，那個畫面飄在半空，詭異得像是一縷幽魂。他皺著眉頭，彷彿我只是想起他、召喚出關於他的記憶，對他都是種打擾。我不禁思忖不曉得智賢是不是也能看見他。距離上次見到他至今過了多久？上次聽到他的聲音，又過了多久？

幾個月前，媽突然把我拉到一旁對我說：「父親不會像母親一樣那麼需要孩子，」她露出嚴肅的表情，「如果妳們兩個被帶走，我一定會覺得生不如死，恐怕沒辦法活下來。但是妳們的爸爸……是不一樣的。」

「怎麼不一樣？」我想問；我不理解她的意思。她是要告訴我爸不在乎我嗎？如果失去智賢和我，他不會生不如死嗎？如果是這樣，不是太不公平了嗎？

我早該知道的。早在母親發現之前，我就看過父親的祕密電子信箱。他忘記從共用電腦登出，收件匣裡有上百封訊息和照片，我全都看過了。裡面有詩——我那不浪漫的父親竟然會寫詩？——還有乘載滿滿渴望的情書，我真是不敢置信。那個女人有著一頭鬈髮和一雙細細的笑眼，以及米漿那樣奶白的皮膚。在那些照片中，父親非常快樂，我甚至忍不住恨起她來。然而，這卻讓我更恨自己。

香檳灑到地上。「喝吧，」喬治對母親循循善誘，「讓她們喝一點吧。」媽的心情大好，「好好好，」她一面心不在焉地揮手一面說。現在我們可以做出任何要求，她一定都滿口答應。我喝了一小口，氣泡衝上鼻子，害我瘋狂咳嗽。我把香檳杯遞給智賢，但她放了下來。

「我們在想辦個簡易的婚禮，」媽繼續說。最近她一直努力在家多說點英語，可是一興奮起來就會換成韓文。字句快速從她口中翻騰而出。

鑽石映光閃爍，我把臉別開，覺得那個景象令人想吐。「可能等夏天之後吧，等妳們學期都結束怎麼樣？智媛？這樣我們就可以一起去蜜月。喬治在想可以去北京一週，然後去首爾一週，妳們覺得怎麼樣？」

我聳聳肩，看著他們一杯又一杯暢飲香檳。瓶子一空他們就進了房間，像學生一樣呵呵嘻笑。

「妳沒告訴他們發生什麼事嗎？」智賢說。整個晚上，她的手就像黏在腳踝上似的。她抓破了最表層的皮膚，一股清澈液體從疤裡滲出。

我們清理外賣盒和廚房磁磚地上香檳留下的一灘水。智賢把媽用來當垃圾桶的空米袋拿起來。

「我是在想，這可能是我想像出來的。」我說。

「什麼？」智賢停下動作，「這並沒有讓我覺得好一點。」

「我最近很累，我覺得應該根本就沒有人。」

「妳是不是在騙人？妳在騙人。」她火冒三丈地瞪著我，把鼓鼓的袋子放在地上。袋子底下某個地方裂開了，漏出腐臭的棕色液體。「我最討厭妳騙人了，妳每次騙人我都看得出來，妳知道的。」

「我從來沒有騙過妳。」

「隨便啦。」智賢咕噥道。

「妳不用擔心我，我可以照顧自己。」

她再次抬起袋子朝門走去，一路在地毯上留下一條棕色液體的痕跡。我聽著她走到垃圾滑槽口，腳步不疾不徐。當她回來，便用責難的語氣看著我說：「姊，妳不該說那種話。妳明知道我一直擔心著妳，」她說：「從來沒有停過。」

30

我回到了公車站。現在是晚上，月亮藏在大片雲朵後方。路燈壞了，忽明忽暗地閃爍。我覺得腦袋昏昏沉沉。公車又誤點了。我望著陰暗的街道。

身後傳來腳步拖曳的聲音，我轉過頭：是公車站的那個陌生人。那人伸長了雙手朝我靠近，我踉蹌後退，一屁股坐倒在柏油路上，痛得要命。但我慌亂地急忙起身；我得逃跑，我得離開這裡。

「你想幹嘛？」我大聲尖叫，「我什麼都沒有！」

我的雙腿動彈不得，好像黏在了地上。陌生人還在靠近，越來越近。我能看見的只有那雙眼睛，就連在黑暗中我都看得見它有多鮮明。它是藍色的，牽牛花藍，尼加拉瀑布藍，父親最喜歡的領帶藍，暑假時南加州的天空藍。「走開！」我放聲尖叫，這次音量更大。「不要過來！」

那人停在我面前，我閉上眼——可是什麼都沒發生。我透過垂下的睫毛偷看，那人正在解開圍巾，一圈又一圈，直到我終於看見那張臉。

是喬治。他的雙眼是如此美麗。可是當他對我咧嘴笑開，嘴巴卻像個空洞，無牙而且腐爛。我顫抖著往後退，「喬治？」嗓音飄忽不定，「喬治，是我，是智媛啊。」

讓我驚恐的是，他的眼睛開始膨脹，不斷變大、變大、脹到從臉上凸了出來，接著發出溼漉漉的咕嘟一聲，從眼窩彈出、落到地上。當那顆眼珠彈到我失去能力、動彈不得的腳邊，我放聲尖叫。

強勁冷風朝我臉龐襲來，我睜開眼，人卻在……廚房裡？冰箱門大大敞開，我蹲在它前方，周邊滾了一地的小番茄。紙箱被我翻了過來，小番茄圓滾滾，表面平滑又硬韌。即便時間這麼晚，我也不餓，卻仍閉上眼睛扔了一顆到嘴裡。

31

「智媛！」我從午餐的水煮蛋和小番茄中抬起頭，傑佛瑞急匆匆朝我走來，背包在肩上一彈一跳。他的夾克拉鍊沒拉，底下穿了件秀出露絲．貝德．金斯伯格[1]面孔的T恤。令我訝異的是他伸手攬住了我，我頓了一秒才甩開。

「妳在躲我嗎？」他用開玩笑的語氣說：「最近要找妳怎麼會這麼難啦？」

「我剛剛上課才看到你啊。」我從滿嘴的蛋裡勉強擠出話來。

「是是是，但我後來又到處找妳。妳溜太快了。」他看著我的午餐皺起鼻子。「妳就只吃這樣？」

「對啊。」

「這難道就是現在流行的飲控？」他笑著說：「智媛，妳不需要減肥啦，我覺得妳看起來非常完美。妳不覺得減肥是父權用來控制女人的工具嗎？但這不是妳的錯，是主流媒體散播的制度化性別歧視，以及社會規範和資本主義者的上層結構整個加總，變成了一種性別迫害的形式。」我想起和艾莉希斯聊過的事，不禁臉色一變，不耐了起來。

「我沒在減肥。」

我又夾起另一顆蛋咬下去，他盯著我。我的牙齒咬進那果凍般有些嚼勁的蛋白中，感覺真是太愉快了。「另外，我開車經過妳母親工作的那間雜貨店，想問妳能不能建議我該買什麼。我想開始做韓國菜。然後呢，既然我都去了那裡，我在想也許可以跟她自我介紹一下。」

我咬到一半停了下來。「你怎麼會知道她在哪家雜貨店工作？」我困惑不已，「我有跟你說過嗎？」

「啊？」傑佛瑞歪了歪頭。「妳有說過啊？妳忘記了嗎？我們在聊自己的爸媽做什麼工作，我跟妳說我繼父是技師、我媽是護士。」

「是嗎……」

「總之，」他改變話題，「妳一直逃跑，害我都來不及給妳聖誕禮物。」

「我跟你說了不用送我禮物，」我結結巴巴，心中的不耐消失，變成害羞。

「我知道我不用送妳，但是我想。」他在背包裡東翻西找，拿出一個包得漂漂亮亮的長方形盒子，上面還加了個鼠尾草綠的蝴蝶結。「來，打開吧。」

我從他手中接下禮物，拉扯著蝴蝶結把它拆開，再把緞帶折得整整齊齊收到一旁，傑佛瑞彷彿被逗樂，笑著說：「妳直接撕開就好了啦。」他催促我。

「太漂亮了，我做不到。」

「妳真是有夠扯的啦，」他一把從我手中奪走，一個動作直接把包裝紙撕開，露出一

---

1 Ruth Bader Ginsberg（1993-2020），美國第一位猶太裔女性最高法院大法官。

只上了漆的木盒，上面畫著小小的鶴和竹林。很漂亮。我搖了搖，盒子發出很大響聲。

「這是什麼？」

「打開吧。」於是我興奮地打開，卻在看到裡面的東西時胃猛地一沉——是筷子，閃閃發亮的鐵筷，握柄部分漆上各色粉彩。我困惑地眨了眨眼。

「這是什麼？」

傑佛瑞挺起胸膛。「是不是超棒？我一看到馬上想到妳，這超漂亮的，而且設計得超級雅致。當時我在這個和長得和妳一模一樣的瓷娃娃之間左右為難，可是最後還是筷子略勝一籌，因為我知道妳每天都會用。」

幹，這什麼鬼？

我臉頰發燙，傑佛瑞滿心期待地等著，大大張開雙臂，伸過來想抱我。我在最後一刻閃開，直往後退。「怎麼樣？妳喜歡嗎？」

「呃……」我傻在原地，表情非常僵硬。

你他媽的怎麼會送我筷子？

你到底是有什麼毛病？

我點著頭，和智賢愚蠢的搖頭娃娃如出一轍。「呃……謝謝。」

當我走進公寓，手中的筷子如有千斤重。我把它們放在流理檯上，因為和傑佛瑞講的話以及突然對他產生的反感頭暈目眩。喬治在客廳沙發躺得四仰八岔；他睡著了，胸膛隨著每次呼吸規律起落——起、落；再起、再落。「智賢？媽？」我斂著音量，躡手躡腳走過房間。「有人在家嗎？」

公寓悄然無聲，只有我和喬治兩個人。這和我的夢境很像。我站在那裡注視著他。

我應該離開。如果待在他身邊，我恐怕無法信任自己。

然而我的腳卻像生了根一樣無法移動。晚午陽光照亮他面容，讓他沐浴在金色光芒中。我靠過去，順著他眼皮的弧度觸摸，透過單薄如紙的皮膚，纖細血管清晰可見。我輕輕地碰，他的吐息從口中竄出，吹在我下巴上，每一口氣都暖呼呼。

掀開他的眼皮，感受他的眼窩。

我撫摸著他的皮膚，著迷於這個念頭。太陽墜入地平線，映出的光在喬治靜止身軀後方的整片白牆上翩翩舞動。

廚房時鐘滴答響，一聲大過一聲。我很快就什麼也聽不到了。*滴答、滴答、滴答。*疼痛在我太陽穴上綻放。*滴答、滴答、滴答。*每響一回痛就擴散，直至包覆全身。我的手指刺痛，於是在地毯上躺下。天花板白得刺眼，讓人暈眩。我閉上眼睛。

過了一會兒，當我再次睜眼，周遭已然暗下，公寓悄然無聲。我抓著沙發一側撐著身體站起來，喬治還在沙發上打呼，嘴巴張得老大。一陣腎上腺素倏地竄過全身。

之前我也做過這個夢。我的身體逕自動了起來。我輕手輕腳走進廚房，腳下的磁磚踩起來極其冰冷。水槽邊緣有一把削皮刀，原封不動地躺在媽今天早上放的位置，刀鋒上還卡著一片蘋果皮。韓國超市的蘋果在促銷；她買太多了。

「我們每人每天都要吃一顆蘋果，直到吃完為止。」她說。

我伸手拿刀，感受它的重量。在我汗溼的手中，刀柄感覺起來十分滑順。我想像著刀刺入眼窩和血肉之間的感覺，舉刀瞄準喬治的腹部和頸部。不管是在哪個夢中，我都沒有走到這一步。如今當我真的來到這裡，卻手足無措。我輕輕以刀刃貼著他的臉頰，血珠絲絲冒出。

妳現在就能了結一切；妳可以了結他。

我溫柔地撫摸著他，指尖輕輕拂過他前額，然而心裡卻湧上一股奇異感受。當我在他上方猶豫不決，一股不自在卻隱然增加。這夢感覺太清晰了，一切都太清楚了。我握刀的手軟軟垂到身側，輕滑過裸露的大腿時不禁驚呼一聲。在短褲稍微往下一點的位置，被我割傷的地方綻開疼痛。

這到底是真的還是一場夢？我分辨不出來；我做不到。但是為什麼我的大腿會痛？我為什麼能感到滴滴血珠從腿上流下？

我腦中有個可怕的聲音說：這不是真的，它嘶嘶祟語，這一切都不是真的。殺了他，嚐嚐那雙眼睛。

我也想，比什麼都想。但，要是這是真的呢？

我顫抖得厲害，不慎鬆手掉了刀。刀落在咖啡桌上發出鏘一聲。喬治猛地坐起來。

「啊？」他的頭髮亂七八糟，T恤往上縮到腹部，露出蒼白的啤酒肚以及一道消失在短褲褲腰帶裡的毛髮。「智媛？是妳嗎？」他眨著眼適應黑暗。「為什麼燈都關了？」

我什麼也沒說。

「天啊，我的頭好暈，」他伸懶腰打呵欠，「簡直就像有人偷給我下安眠藥一樣。」

刀子還在桌上，在不遠的地方。他現在精神恍惚，分不清東南西北，反應也慢吞吞的。那個畫面閃過腦中——喬治躺在地上，脖子噴出鮮血。原本有眼睛的地方只剩一個空空如也的窟窿。在死寂之中，他順著我的視線望向桌子，並在看見刀後倉皇退後，差點從沙發掉了下來。

他的恐懼清晰可見，而且非常美味。

「呃……智媛？」他嗓音顫抖，「這刀是怎麼回事？妳為什麼這個樣子站在那裡？」

我難以抵擋這誘惑，卻不能傷害喬治；我做不到。他就要和我母親結婚了，將成為我的繼父。一思及此，苦澀膽汁就從喉中湧上。

我清清喉嚨。「我不是故意要嚇你，只是想叫你起床。我肚子餓了，所以在切水果，想說過來看看你要不要也吃一些。」這些謊言輕而易舉脫口而出，和說真話沒有兩樣。我俯身拿刀，給他看卡在刀刃上的蘋果皮。

因為鬆了一口氣，他垮下肩膀笑了出來。剛剛被我割傷的臉頰流下一滴血，他仍沒意識到。「天啊，我還以為我做惡夢了呢。」

「我不是故意要嚇到你的。」

「妳？嚇到我？」他語帶嘲弄。「妳有什麼好怕的？東方小女生沒有什麼地方能讓人害怕。」

「東方？你把我當什麼了？地毯嗎？」

「你們這些小朋友有夠容易被冒犯欸，而且總是為了一些芝麻綠豆大的原因。我還小的時候『亞洲』啊『東方』什麼的意思都是一樣，」他搖搖頭坐起身，「根本沒有什麼好被冒犯，那就和『蒙古人』這個詞是一樣的啊。」

他的話彷彿揍了我一拳。

我真該趁你睡著時把你殺了。

我緊捏著刀，用力到手臂都發起抖來。

「那水果呢？你要吃嗎？」我咬緊牙關。

「不用，謝了，」他心不在焉地搔搔肚子、抹抹臉頰。他手指沾到了血，變得紅通通。「噢，」他說：「我一定是自己抓破了。」

32

就算喬治有所懷疑，也沒表現出來。在接下來幾天，他還是一如往常——吵得要命、只在乎自己、粗魯又無禮。他沒發現我用細長的眼睛觀察著他。每當他靠得太近，我的手指就不禁抽搐。母親也沒發現。這兩人陶醉在計畫婚禮的小世界裡。

「六個月後我們就會變成夫妻了！」媽雙手一拍，興奮溢於言表。他們已經訂好了場地。由於價格不斐，媽答應喬治會想辦法壓低其他花費，包含穿舊婚紗和親手包辦所有裝飾。下班後，她會去花店和手工藝行，結果就是她累得半死，完全無暇關心智賢和我。就某種方面來說其實是好事一樁。她忙到沒空注意我露出的真面目。

另一方面，智賢則把所有看在眼裡。我看得出她對我的懷疑。每次只要我轉過身，就會發現她盯著我看，並擔憂地皺起眉頭。只要我獨自一人，她就會想方設法闖進來。「妳沒事吧？」她會這麼問，彷彿我身體不舒服，不能獨處。

「沒事。」而我會這麼說，可是即便這樣也無法讓她安心，完全沒辦法。

「妳確定？」她問：「因為我很擔心妳。」

「我很好，麻煩關門。」

「妳沒說謊？妳有對我說實話嗎？」

「我再說最後一次：有。」我很不耐煩，希望她別再多問、別再煩我。但反正我也沒有說謊，不算真的說謊。

那麼真相是什麼？

真相是，像喬治這種男人往往不會注意到任何蹊蹺，除非事情和自己有直接關連。他這種男人不但愚蠢，而且向來對周遭渾然無覺，深信自己才是全世界最重要的人。那晚我其實可以刺死他，可以把刀戳進他喉嚨裡。而且，如果我告訴他那只是意外，他應該也會相信。

因為，他怎麼會懷疑溫馴、甜美又順從的智媛呢？我有什麼理由傷害他呢？一個女人——甚至還是個亞洲女人，怎麼可能敢挑戰他的權威？

喬治把自己當成至高無上的雄性。在他心裡，只有其他男性才可能帶來威脅或挑戰。就是因為這樣，他才會做出那些行為：公然在媽面前色迷迷地看著智賢、我和其他女人，把我們當成物品，而不是活生生的人類。他不怕她，也不怕我們。如果一定要說，他在挑選東方女子來拯救的名單上選中了媽，是她走運。

喬治這種男人和我們不一樣。是我、智賢，甚至父親——另一個男性——都不能夠相提並論。喬治的權力不僅是因為他擁有陰莖，而是因為他是白人。對我們來說，那種確定與自信永遠是高不可攀。我們這些女孩從小就被教導，相對於同輩男性，我們遠遠卑微不足。我們身材更小、力量更弱、智力更低。我們若成功，只會是因為男性的謙讓。而身為亞洲女性，我們是外來者，而且能力特別缺乏，因為我們那瓷器般的肌膚、不堪一擊的體型、「亞洲鮑」，以及安靜順從的天性。

而對我父親來說，這個國家讓他雄風受挫又消極頹喪。在另一個世界，若是擁有他的教育程度和決心，說不定能當上律師或醫生。那麼一來白男說不定就會正眼看他，必恭必敬地和他握手。但因為他說不好英文，能力因此受限，自尊也跟著受挫。如果你還得靠女兒幫你翻譯帳單、幫你掛號、讀路旁的廣告看板，怎麼可能成為至高無上的雄性？

爸還在開乾洗店時，我常見他恭敬地對那些和喬治一樣的男人低頭——亦即那些這輩子沒自我懷疑過的大嗓門普白男。我父親完全不曉得該怎麼和他們打交道。

有一次，我還在念高中，有個高高的白人衝進店裡，揑著一件硬梆梆的白襯衫，胸口濺上整片棕色汙漬。他砰的把襯衫往父親面前的櫃檯一摜。

「你毀了這件衣服，」那人說：「現在你打算怎麼挽救？」他雖冷靜，嗓音裡卻有一絲顫抖，表示他已準備好要大吵大鬧。我困惑地望著那件襯衫。爸在工作上非常一絲不苟，不可能讓髒成這樣的衣服離開我們店裡，一定是有哪裡出了錯，他絕對可以跟這個客人解釋清楚的。然而，我卻目睹爸因為努力想找出對的詞語結結巴巴，只要每說幾句對方就冷笑一聲，邊笑邊奚落、嘲弄他，直到我可憐的父親退到收銀機前拿出五張皺巴巴又褪色的十塊鈔票給他。因為受到羞辱，他的臉脹得通紅，在櫃檯上努力想將髒兮兮的鈔票撫平，再避開眼神接觸、遞給那個人。

「另外，」那人一手握住門把時說：「既然你已經來到美國，就該學會這裡的語言。如果你做不到，最好滾回你的國家。」

我恨他。但在那一瞬間，我也恨父親。看到被那個客人抓在手中的鈔票，以及父親臉上喪家犬般的神情，我感到一股巨大的羞恥。

他怎能讓我看到他這副模樣？他怎能讓我們這麼難堪？

但就某種程度而言這也是好事。這件事在我心中深埋下某個什麼，一顆憤怒的種子開始生長，逼我去看、去深思、去學習，直到我夠強壯，能釋放出屬於我的憤怒。如果我能回到過去，一定會把父親拉到一旁，小聲地在他耳邊說：

「不要把錢給他，他根本是在胡說八道。鎖門叫警察。我去拿刀。」

那件事發生幾個月後，我帶智賢去了一間餐廳。由於父母工作到很晚，我們都有點閒閒沒事幹。我們點了一籃炸薯條——那是菜單上我們唯一點得起的東西——然後開始進行人類觀察，為他們的人生編織故事。拿一杯馬丁尼獨坐吧檯的女人剛抓到交往三年的男友偷吃；坐在對面廂座、聊得手舞足蹈的兩人是兄弟，打從出生就被迫分開，數十年後才再度聯絡上。當我試圖找出能證明兩人有親戚關係的特徵，智賢呵呵笑個不停。那兩人腦袋上都有一塊形狀像非洲的光禿、都生了一個又小又尖的鼻子，還有笑的時候會隨之晃盪的厚肥耳垂。而她則示意從他們西裝襯衫領口底下探出來的胸毛。

然後一男一女走進來，都是白人，顯然在約會。我們便將注意力轉到他們身上。我小口小口咬著一根薯條，細細品嘗，晶瑩鹽粒在我舌頭上化開。我看著他們坐下開始點餐，兩人的對話斷斷續續朝我們飄來。起先氣氛似乎很好，接著卻開岔走偏。

「我不同意，」男人說：「如果我賺的錢夠養家，妳為什麼還需要工作？妳的責任就是照顧家裡和生小孩。妳知道的，這些事情對女人來說非常重要。」他眨眨眼。我知道他是想幽默一下，可是女人非但沒有笑，還露出鄙夷的神情。

「這些事情對女人來說非常重要？孩子和養家難道不是應該男女一起負擔的責任嗎？」

「我只是在開玩笑。」

「但是一點也不好笑；事實上，你這個人實在沒有很好笑。」

男人音量大了起來，而且持續拔高，越來越響亮，直到智賢和我把他說的每一個字聽得一清二楚。我想起父親身上發生的事，不禁坐立不安。我想像那男人嚴厲斥責女人，公然羞辱她，我非常確定她會像爸一樣退縮，默許他的窮追猛打，給予這個白男想要的尊敬；我認為她只有這麼一條退路。然而，讓我驚訝的是，她臉色一變，換上蔑視神情。每次只要他試圖爭辯或羞辱她，她就直視他的雙眼，露出笑容，一副怡然自得的模樣，因為占上風的顯然是她。

等到男人咆哮完畢，臉已徹底脹紅，整個人汗流浹背，明顯尷尬又丟臉。他啪的將一把鈔票砸到桌上。「是怎樣？妳是什麼女性主義者嗎？」

「我是，」她用實事求是的語氣說：「我確實是。」

「賤人，」他咕噥了一聲才怒氣沖沖地走開。男人走掉時，她冷笑了一下。

這令我大開眼界。不只因為見證那女人如何贏下一城，還有她贏的方式。我會在之後得到證實，明白若要對付那種男人——和喬治一樣的男人——就必須讓他們站不住腳。這當然無法一次到位，而是要這裡拉拉、那裡扯扯，在他試圖揮舞武器時絕不退縮，你得偷偷拿謊言餵他，藉此讓他失足。只要有機會，你一定要開口糾正他，讓他困惑，讓他覺得自己很笨。他們那種男人最恨犯錯、討厭丟臉，痛恨控制權不在自己手上。他們那種男人一旦碰到這狀況就會不知所措，會幼稚得大發雷霆，像小孩一樣耍賴生悶氣。除此之外他什麼也做不了，因為他最後會發現自己才是那個弱者，唯一擁有的力量還是你給他的。但是你什麼也不會給他，連一點點也不會。

等到你把他搞定，他將會哭著求饒。如果他連你都控制不了，那他又算什麼？他還算個男人嗎？當你伸手拉他一把，他簡直要鬆一口氣——即便那隻手上握著一把刀。而當你將一切從他那裡奪走，就能說出那些男人會對我們說的話：他活該，這都是他自找的。他一定本來就很想要，因為他沒有反抗。

33

夜半三更，我飢餓難耐地醒了過來，餓到幾乎無法呼吸。我坐起身，毛毯和雙腿纏結在一塊兒；因為智賢和我的重量，床墊被壓得深深下陷。房裡伸手不見五指。

我站起來，雙腳搖搖晃晃。難得一次，我的動靜吵醒了妹妹。她先翻過身才在我旁邊坐起來，背貼著牆壁，一臉睡眼惺忪，弄不清東南西北。「妳要去哪？」她問。

「沒去哪，」我輕聲說道，把毯子拉到她胸口。「回去睡覺，我馬上回來。」

「我等妳。」

「好。」雖然她還不知道，但只要再過幾秒——我甚至還沒把門關上——她就會再次睡死過去。

今夜非常安靜，我什麼都聽得見：腳下地板嘎吱；冰箱嗡嗡地叫；馬桶的細微聲響；隔壁某個鄰居正在看電視。

我在廚房流理檯上找到喬治的鑰匙和皮夾。他每天都會小心翼翼把它們放在同一個地方，這樣就不會搞丟——也讓這件事變得更容易。我打開他鼓鼓的皮夾，一一點數鈔票，抽出一張百元鈔放進口袋。我知道他不會發現，因為他至今還沒注意到我幾個禮拜前偷走的錢。

然而鑰匙則是另一回事。我想拿走，可是這樣一來，明天早上他起床一定會馬上發現。我心不在焉地在手中玩弄、在心裡自我交戰，指頭拂過鑰匙參差不齊的邊緣。

把它拿走。

過了一會兒，我拿起鑰匙——動作非常小心，我不想弄出任何聲音——然後放進冰箱深處，擺在還剩一半的大罐泡菜後面。除非你知道該去哪裡找，不然絕對看不到。我關上門，溜回房間，回到智賢身旁。她就如我意料之中那樣鼾聲連天。

老實說，我對那些鑰匙一直非常好奇。媽當然給了喬治一副我們公寓的鑰匙，可是除了那和他小貨車的鑰匙之外，他還另外帶著三把鑰匙。兩把看起來像是其他公寓的，第三把是另一輛車，一輛我從沒看他開過的豐田。

「為什麼會有那把豐田的鑰匙？」某天一起吃早餐時，我開口發問。智賢的興致馬上提了起來，從盤子抬起頭。我用眼角餘光看見爐子前方的媽也轉了過來，她的動作是如此無聲無息，同時又引人注意。她抹了抹額頭，戳戳在鍋中滋滋作響的培根。

烤焦肉類的氣味揮之不去，當喬治吞下嘴裡咀嚼的食物，油從嘴角滴落。「那是我舊車的鑰匙，我都不拿下來的。」他輕鬆自在地說。

「那家鑰匙呢？你為什麼有兩把家的鑰匙？」我問。

「這個是我現在公寓的，」他伸出中指點點鑰匙。「這個呢——」他頓了一下，我立刻知道他接下來要撒謊了。「是我舊公寓的。」他大喝一口柳橙汁，把杯子在桌上放下。

騙人，你他媽的騙子。

「一直帶來帶去一定很麻煩，我幫你把那兩把鑰匙拿下來，」我說：「順手之勞。」

但他把鑰匙丟到大腿上，讓我沒辦法碰到。「沒關係，我喜歡帶著。我舊家保留著很多美好回憶。」

我正要問他都是些什麼回憶，智賢卻抓準了時機卡進來。「你還會留著公寓嗎？就是在你和媽……那個之後……」她窘迫地用手勢表示。

「這個嘛，畢竟妳媽希望我永遠住下來嘛。」

智賢聽到這個消息似乎大為震驚。看到她這個表情，我很難過。不只為她，也為我自己。我在桌子底下找到她的手緊握住，但是過了一會兒我想鬆開的時候，她卻緊抓著不肯放手。

「JW！妳是在整我嗎！」喬治大聲尖叫，嗓音劃破睡意、刺入我的夢境。那個聲音在四壁之間反響，迴盪不停。我努力睜眼，眼皮卻像被黏住一樣緊緊密合。當我努力想舉起手臂，身體卻不聽使喚。喬治的吐息在耳邊熱辣辣的，他俯身靠近我，悄悄說道：「我知道妳做了什麼，我知道妳一直都在想些什麼。我知道、我都知道……」

我張嘴尖叫。智賢在哪？媽又在哪？喬治像鬼魂一樣繞著我打轉，不斷嘶吼尖喊、戳刺呢喃。我必須對抗他、我必須殺了他，可是我動不了。

妳為什麼不動？

我繃緊身體每根肌肉——突然之間啪的一聲——我獲得了釋放。我猛坐起來，被房中一片白弄得看不見東西。我不在公寓，而在別處。我舉手遮掩這炫目的光亮，直到突然領悟：我在那個充滿眼睛的房間，就是夢裡的那個。只是現在眼睛不見了，全部消失。它們原來的位置站著喬治。他不像人，更像魔鬼。喬治齜出利牙，我倏地感到手中握了個硬梆梆又沉甸甸的東西：是刀。我閉上眼。

當喬治衝向我，我舉刀一把刺入他腹中。我刺了一次、一次、又一次，直到熱辣辣的鮮血噴得我滿手都是。喬治在怒吼，而我不斷出擊，直到白色全部變紅，直到他的身體沉甸甸地靠在我身上，直到他沒了聲響。我有條不紊地用刀慢慢將眼睛從他臉上挖出，兩顆眼球都放進嘴裡、一口嚥下。視神經像義大利麵那樣滑下喉嚨——

我突然一咳、呼吸一哽、清醒過來，發現智賢就躺在我身旁。我鬆了一口氣，哭了起來，因為發現自己還活著，沒有殺死任何人，而喬治也仍在隔壁房間，躺在母親身旁熟睡著。

34

「幹，我的鑰匙去哪兒了？」喬治大叫大嚷，「有人看到嗎？」

整個早上他簡直要把公寓給拆了。我望著他翻遍公事包後整個人往地上一跪，努力藏起得意的笑容。

爬吧，你這可悲的蟑螂，爬吧。

「親愛的，拜託別在女孩們面前說髒話。」

「我沒有好嗎？我只是想知道我的鑰匙在哪。」他走向門後掛夾克的地方，雙手插進口袋——但什麼也沒找到。他又罵了一次。「幹！」

「今天要不要開我的車？」媽說。她正把頭髮往後梳，準備去上班。「智媛不用開車，晚點家裡一定也會有人幫你開門。」

「不行！」他噴著口水說：「這不是車子的問題，我——」

「那是什麼問題？」我問，「你還需要其他鑰匙嗎？」

他落入了我設下的陷阱，而且我們彼此都清楚。「我今天下午和一個客戶有會議，」他說，並前所未有地小心揀字選詞。「我的東西放在另一間公寓，就是那些報告數據什麼的。」

「但是我以為因為淹水的關係，你已經把所有東西搬出來了？」

「沒有全部，」他出言反駁。「ＪＷ，少在那邊耍小聰明，這一點也不有趣。」

「我沒有，我只是想幫你。不然你可以用我們的印表機印新的出來？」我提出建議。

「沒辦法。」他交叉雙臂、瞇起眼睛，惡狠狠地瞪著我。今天那雙眼看起來特別湛藍。

我緊咬不放。「為什麼？」

要是我繼續咄咄逼人不曉得會怎麼樣？他會爆炸嗎？我想像著他肩上那顆腦袋炸開，在我們公寓灑下鮮血和腦子的碎片。

兩顆美麗的藍色眼珠掉下來。

一顆，再一顆，掉在我小小的腿上。

「好啊！」喬治把雙手往上一舉，「我就在這裡印報告，我也會開那輛車。但是等我回來，我要所有人——我的意思是所有人——」他用力伸手指著我，「——幫我找出鑰匙，不准有任何藉口，懂了嗎？要是這是被人弄丟的……」他再次指著我。「那人就要付出慘痛的代價。」

那天晚上，媽要拿泡菜做泡菜鍋時驚呼一聲。

「喬治！我找到你的鑰匙了！」

他氣喘吁吁地從臥室冒出來。從剛才到現在，他一直不斷把家具推來挪去，「在哪裡找到的？」他一把將鑰匙從她手中拿走。「怎麼是冰的！？」

媽遮著嘴巴。「親愛的，鑰匙在冰箱裡，泡菜罐後面。是你放到那裡的嗎？」她笑著說，站在喬治身後的智賢和我也大聲偷笑。他注意到了，因為他的耳朵變得越來越紅。

「我絕對不可能幹出這種蠢事，一定是別人做的。」

「不是我們幹的，」我咯咯笑。「是你。」

「對啊，」智賢幸災樂禍，「絕對是你！休想怪到我們身上。」

難得一次，喬治陷入沉默。他努力回想，記憶卻模糊不清。到底是我們把他耍得團團轉，又或者——是他把自己耍得團團轉？媽再次回去處理那罐泡菜，把裡面的東西舀進爐上的石鍋。智賢走進浴室關上門，喬治還是動也不動地待在那兒，手在身體兩側捏成拳頭，因為專注而皺起了眉。沒人注意他。他轉過了身，一語不發地敗退下去。

「現在你想去另一間公寓做什麼都可以了。」我輕輕地說。

我不曉得他有沒有聽見。就算有，他也沒轉過身。

35

時光飛逝，我的第二學期迅速來到尾聲。擔心被退學的隱憂在我體內點燃了一把火焰。儘管有諸多不利條件——睡眠不足、惡夢纏身——我的各科表現卻好了許多。我在亞裔美國人研究拿到A⁻，歷史和統計學拿到B，心理學則拿到B⁻。如果我能在期末考振作起來，一定可以擺脫留校察看。

傑佛瑞在筷子事件後不斷找各種理由傳簡訊給我，我多半無視，或用冷漠省話的方式回覆。這似乎讓他很不高興。

妳喜歡我傳的貓圖嗎？

喜歡。

拜託，這根本不算回答，他回覆道，而我幾乎能聽見他發牢騷的語氣。我火大地把手機放到一旁。

上課時，他也老是要來坐我旁邊，侵入我的個人空間。真不敢相信我竟然花了這麼久才注意到他這麼有毛病。傑佛瑞令人筋疲力盡、咄咄逼人而且煩得要命。他耍嘴皮子講那些女性主義只不過是在賣弄，想讓自己高其他男人一等；他的衣服也是蠢得要命。

「期末考會有一百道選擇題，」湯普森教授說：「我會在今晚上傳包含所有試題範圍的清單——我話說在前頭，題目非常多。」

全班一致發出哀嚎。坐在我右邊的艾莉希斯戳了戳我，「我沒聽錯吧？有一百題？」

「嗚，妳沒聽錯。」

「我腦子根本沒有裝得下一百題答案的空間。」

「我也是，我好怕，」我雙手埋頭，「我真的非通過這次考試不可，不然我就完蛋了。」

「不會有事的，我們這個週末一起念書，等到念完，就是期末考要怕我們、不是我們怕它了。」

我從指縫偷看艾莉希斯，「要是我不幸落馬……」

「別說這種話，」她用斥責的語氣對我說：「妳不會落馬，妳是我認識最聰明的人。我跟班上其他人聊過，他們都願意開放讓人加入學習小組。我在想週六六點，怎麼樣？妳可以嗎？」

我超感謝她，一起走到門口時甚至因為要離開而難過起來。她一如往常快速抱了我一下；那甜美的香氣縈繞不去。「週六六點。」我重複道，不斷吸嗅，直到整個人頭暈目眩。

我錯過了今天早上的公車，喬治也心不甘、情不願地同意開車載媽去上班，這樣一來我才能夠用車。他整趟路在抱怨——我一點也不意外。(「妳不能坐計程車嗎？我真的很忙。」他哼哼唉唉地說。)

我每走一步都能嗅到艾莉希斯的氣味，沾在我的衣服上，我也因此徹底迷失在與她有關的思緒中，完全沒注意到身後急促的腳步聲，直到來到停車場。我煞住腳步，那腳步聲也隨之停下。現在已接近傍晚，太陽在地上照出長長的影子，我的心臟不禁狂跳，每一下都一頓一頓。我迅速把手伸進包中找刀子。當我的指頭掠過光滑的刀柄，我立刻緊緊抓牢。

「你是誰？你為什麼要跟蹤我？」我喘著粗氣轉過了身。

又來了——面前空無一人。我粗重地呼吸著，同時掃視停車場，尋找能證明我沒有發瘋、沒有產生幻覺的徵兆。真的有人跟蹤我嗎？還是這一切全是我想像出來的？眼前只有幾個人在閒晃，離我卻都有一段距離。我正打算上車，卻突然看到有個物體閃過。我迅速轉身，正好看見有人快步逃跑。

我拔腿去追，卻還是太遲，只能在一叢顫動的灌木前方傻站著。

智媛，妳又在幻想了。

36

艾莉希斯和室友一起住在校園附近的一棟公寓;這一區感覺起來更貼近現實。人行道陰暗處藏了流浪漢的營地。我把車停在街上,正要開門時卻差點嚇得跳起來:我旁邊有個衣衫襤褸的男人坐在地上,他的臉頰凹陷,正以無神的雙眼目不轉睛地盯著我的車窗。我本能想要開走,他卻對我輕輕揮手,示意我開窗。我只稍微拉下了一點縫。

「妳有二十五分錢嗎?」他的嗓音十分粗糙,好像很久沒說話。

我搖搖頭。「抱歉,沒有。」

於是他轉身要走,但我還是敗給了心中的憐憫;他身上有些討人喜歡的元素。我將手伸進口袋,掏出滿滿一手零錢。「我只有這麼多了。」

他的臉色亮了起來,「謝謝!」我一面看他挑揀著那堆硬幣,一面兀自走進艾莉希斯公寓的門廳。這棟大樓雖然老舊,卻比我們家好得多。

來應門的是艾莉希斯的室友梅莉莎,她先用鄙視的眼神看我一下,才讓我進去。起先她的冷漠令我卻步,但是當學習小組其他成員抵達,我就完全理解梅莉莎為什麼這麼不友善。除我之外,艾莉希斯還邀了五個人——這麼多人塞在這麼小的地方實在太勉強了。我們擠進客廳,以摩肩擦踵之姿開始念書。梅莉莎則躲進了臥室。

等到第一個小時結束，我的手已經痛了起來。我寫了一頁又一頁的筆記，卻仍馬不停蹄地將每個人說的話記下，筆桿飛快地在本子上舞動，連影子都看不見。

儘管如此，我得說艾莉希斯非常會看人。她邀來的成員個個禮貌聰明又樂於助人，每次我待在人群裡都會產生的不自在完全消失。我們邊念書邊談笑，相處得越來越愉快，直到梅莉莎終於在半夜以大動作走出臥室，眼中冒出火焰，雙臂交叉胸前。

「艾莉，妳可以把人帶去別的地方嗎？我得睡覺了。」

頰上散布大片雀斑的黑髮大一生亞倫第一個站起來，不自在地清清喉嚨。「抱歉，我們很快就會走。反正我也餓死了。」

「還有誰肚子餓了？」艾莉希斯問道，「我知道附近有個超讚的地方，開到很晚。」

除我之外，所有人都低聲表示要跟。

我已經想不起上次和一群同齡人出去是什麼時候。應該是沒有，高中畢業後就沒有過了。

我把艾莉希斯拉到一邊，「我想我就直接回家了。」我結結巴巴地說。

「為什麼？妳肚子不餓嗎？」

「沒很餓。」然而，我的肚子卻在此時發出超響亮的聲音出賣了我。艾莉希斯微微一笑，輕輕將手放在我手臂上。

「就來一下下，會很好玩的。」

艾莉希斯住得離校園很近，所以周遭有超多餐廳和店鋪。我從來沒到過這裡——多半是因為沒有人可以和我一起去。看到每棟建築物裡都擠滿了人，我真是驚訝萬分。學生整個滿到人行道甚至街上。我們排成一列，在人群之中迂迴穿梭，走了三個街區總算來到餐廳。那裡看起來很不起眼，所以幾乎能確定是美食餐廳無誤。厚厚的肉插在烤肉鐵叉上不停轉動，肉汁和脂肪滴到下方的炭上。我們一打開門，令人垂涎欲滴的香氣就撲面而來。我的胃在當下就又開始瘋狂喊叫。

艾莉希斯聽到後呵呵一笑。「不覺得還好有來嗎？」

「確實，」我感激地對她露出微笑，「謝了。」

「我怎麼可以讓妳錯過呢？這裡可是我的愛店，它超讚的，而且老闆人也很好。妳等下就會知道。」

由於我猶豫不決，其他人都比我先點好餐，在餐廳中央的桌子坐下。我最後終於決定點盤雞肉沙威瑪，把手伸到包包裡打算結帳，卻到處找不到皮夾。我咬著臉頰內側拚命回想早上的情況：我的皮夾滿滿裝著過去幾個禮拜從喬治那邊偷來的鈔票——卻放在了我房間的書桌上。我本來要放進包包，卻因為太匆忙忘記了。

「那個——其實我不餓，」我對收銀機後方的男人說，他快速對我點了個頭就進去後面了。我窘迫不已地走到大家坐的那張桌子。

「我該走了。」我小聲地對艾莉希斯咬耳朵。

「為什麼？」

「我忘記帶皮夾了。」

「我很想先借妳，可是我銀行帳戶的錢不夠。」她說。我不禁替她尷尬，然後搖了搖頭。

「沒關係，沒事的，其實也沒差。反正我也得回家。」我轉身離開，但她拉住了我，握住我手腕的手暖呼呼。

「再待一下吧。」她說。

食物用白色保麗龍盤子裝著端上來，有飯、沙拉和烤蔬菜，全都又油又亮，肉多到超出我的食量。我羨慕地盯著看，努力提醒自己等下回家就可以吃飯。我可以煮一大鍋泡麵，想加多少蛋都沒問題。但在我想像煮到膨起來的麵條和紅色辣湯時，艾莉希斯把她的盤子推到我們中間，往我手裡塞了把叉子。

「如果妳不幫我吃一點，剩下的就會進垃圾桶。這實在是太多了。想想那些挨餓的孩子。」她微笑著說。

她實在太善良了，我不禁緊抓著叉子顫抖。她人真的很好，非常非常好，讓我搞不清楚自己到底是覺得丟臉還是感動。艾莉希斯切下一塊雞肉扔進嘴裡，我也學她，她便像個驕傲的母親一樣對我露出微笑。

「超好吃的對不對？」

沒錯，真的很好吃。我好久沒有吃過這麼好吃的東西。

🍴

晚餐後，亞倫悄悄走到艾莉希斯身旁問她想不想吃甜點，艾莉希斯望著我，揚起眉頭，我胸口不禁一緊，趕忙逼自己笑著說：「沒事，你們去吧！好好地玩！」

我獨自走回家時，冷冷的晚風吹在臉頰。我努力地將和艾莉希斯有關的念頭拋諸腦後。

雖然天色已晚，街上依舊人來人往，路上塞滿車輛，酒吧和餐廳外的每一個人都散發出嗡嗡作響的能量。在經過時我會特別注意，只要看到藍眼睛的人就會感到體內竄過一股衝動。

學校大約有三萬名學生，其中百分之二十六是白人。根據我的搜尋，白種人只有百分之八是藍眼。如果真是這樣，那麼全校應該有約六百二十四人有藍色眼睛。

當然，我們也不能忘記學生中只有百分之四十九的男性。也就是說，現實裡只有大約三百人上下符合我的標準。但如果真是這樣，為什麼這裡每個人眼睛都是藍的？他們圍繞著我、目不轉睛；他們認得我，知道我想要什麼，也彷彿懇求著我動手去做。

我的手指抽搐，顫慄沿著脊椎一路祟動，雞皮疙瘩在皮膚上綻了開來。我站在原地雙手握拳，用這副模樣站在人行道中央、死盯著人群，我看起來一定和神經病沒兩樣。人潮差點撞上我，又在差點撞上之前中途煞車，然後壓低音量，邊悄悄咒罵邊踩著東歪西倒的碎步側身閃開。然而我不在乎，這一切我都不在乎，除了——

「智媛？」

魔咒被打破。我抬起頭，傑佛瑞就站在我面前，雙手揣在口袋，用好奇的神情注視著我。他雙眼的棕色好似腐土，醜惡得引不起食慾。

「妳還好嗎？妳看起來……好蒼白。」他用手背貼著我額頭，我抽身閃開。

「我沒事。」

他皺眉打量我。「妳一直沒回我簡訊，而且每次一下課就跑掉。妳是討厭我還是怎樣？」

人群推擠過我們身邊，我一個踉蹌往前撲，在最後一秒穩住身體。我們兩人還是沒動，陷入某種僵局。傑佛瑞持續用那雙可怖棕眼注視著我。我清了清喉嚨。

「沒有，我沒有討厭你。我只是很忙。」

「忙什麼？」

「忙期末考。」我敷衍地比劃著，然而毫無說服力。「還有生活——你知道的。」

「噢，」他脫下夾克，露出底下貼身的翡翠綠衣服。他那件褲子的褶痕明顯，感覺是刻意弄出來的。「那妳剛剛在哪？出去吃東西嗎？」

「我剛剛和艾莉希斯一起念書。」

他皺起鼻子。「所以妳最近才不理我啊。每次只要我們一聊天，妳就艾莉希斯這樣、艾莉希斯那樣的。她一定講了一堆屁話吧？她是不是故意要讓妳討厭我？」

「其實完全沒有，」我說：「艾莉希斯不是那種人。」

「嗯哼，」他翻翻白眼。「我以前也跟她那種女生交過手。她們總是滿嘴屁話、小題大作，我完全無法忍受。智媛，我還以為妳會比別人更聰明，」他朝我上前一步，我則退後一步。「妳和其他女孩子不一樣，所以我才喜歡妳。」

你說得沒錯，我確實和其他女人不一樣。

「抱歉傑佛瑞，但是我得走了。」

他閃到旁邊讓我過，可是在我走開之前，他喊著說：「智媛，如果我是妳，和艾莉希斯在一起我一定會更小心。妳應該思考一下她為什麼想害我們吵架。」

37

當我回到車旁，最先映入眼簾的是鞋子：一雙破爛的耐吉運動鞋，鞋底要掉不掉，兩腳鞋帶都鬆開了，拖在地上。那雙鞋子朝天，襪子破破爛爛、髒兮兮的。

「不好意思——」我上前一步，「先生，不好意思，你沒事吧？」

我離開人行道，看見他被灌木遮住的其他部分身體，正一動也不動地癱軟在那兒。我伸手過去碰了碰他，那人的皮膚冰冷而蒼白，即便躺在暗處，也能明顯看見色澤有多麼灰敗。我小心翼翼地碰了碰他手腕——和電影裡一樣，沒有脈搏，什麼也沒有。我又挪近一點，注視他的面孔，然後倒抽一口氣。

是先前那個人。就是在我車子旁邊、我給了他硬幣的那一個。幾個小時前我才看到他，那時他明明好好的，到底發生了什麼事？我俯身挨近他的腦袋，手停在口鼻前方。他沒有動靜、沒有呼吸。

我掀起他一邊眼皮，然後驚駭後退，整個人坐倒在地；我的視線一片模糊，眼冒金星。空中飛過一架飛機，它的燈閃閃眨著眼睛。

那人的眼睛是藍色的。

而且他已經死了。

我第一次看見屍體是十二歲。外婆和我們住在同一條街，智賢和我還小時，只要父母加班工作，她就會來照顧我們，會在週日早上帶我們去教堂。我們和她很親，她突然過世時智賢和我傷心欲絕。喪禮次次延後，因為必須等韓國的親戚抵達。等到終於能舉辦喪禮，距離她過世已經過了整整一個半月。

那時媽先推著我靠近棺木，「過去，」她說：「去道別。」她的眼中盈滿淚水。儘管我滿心恐懼，卻深知不可忤逆母親，至少在她這樣的時候不行。外婆雖然閉著眼，表情卻一點也不安寧——她看起來好僵硬，面無血色，而且皺著一張怪表情，彷彿我們打擾了她的安寧——也許真是如此。畢竟我們圍在她身旁，把她當展示品一樣盯著她的屍體。

而當我望著眼前這具身軀，只是一個勁兒想著她已經死了六個禮拜，裡面正在慢慢腐爛。而當我聽見身後傳來智賢的腳步聲，便伸手遮住她的眼睛。「不要看。」我悄聲說道。

我做了惡夢，在夢中見到外婆，她追著我跑，皮膚從骨骸上片片掉落，河水般的黑血從她身上流淌下來，枯槁的骨頭上爬滿蟑螂。之後有好幾個月，我都得開著燈睡覺。

然而，這個人的臉上完全沒有外婆那種蠟像似的不自然。要是不特別講，我很可能會以為他只是在睡覺。

當我注視著他，不禁被回憶吞沒：熟睡在沙發上的喬治；在桌子對面凝視著我的喬治；手指上唾液閃閃發光、捏著剛清乾淨的眼珠的喬治。微笑的喬治。有藍眼睛的喬治。

我還沒意識到自己做了什麼，刀子已被我握在手中。刀刃輕而易舉刺入眼皮，彷彿他的組成並非血肉骨骼，只不過是塊軟掉的奶油和起司。血噴湧而出，濺上我的雙手。我的胃一陣痛苦糾結，但我逼自己繼續。

我還以為可以輕輕鬆鬆刨出眼睛，就和夢中想像的一樣。但即使我沿著眼窩割了一圈，移除眼皮這片肉，眼珠依舊固守原位、不肯讓步。我深呼吸一口氣，用指甲去挖，視神經啪的一下斷掉，於是我便捧起了一團溼黏軟爛的物體。

我將它湊到面前細看，深深為其色澤著迷。太漂亮了，令人驚豔不已，而且美麗絕倫。我想品嘗、咀嚼，想將它整個吞入腹中，身後卻突然傳來一陣腳步聲，硬將我拉回這條有月光灑落的人行道，星星在頭上閃閃爍爍。我嚇得渾身僵硬，只能一把將眼睛塞進口袋，以凌亂的腳步離開樹叢、回人行道、鑽回車上。在後照鏡中，我看見一道綠色閃過。

38

我在離家一英里的加油站停下。通常我是不去那裡的，因為那邊油價太高，可是他們有一間從來不鎖的室外廁所。我之所以知道，是因為智賢和我這幾年有急用時都會跑去那裡。

加油機旁還停了另一輛車，我先停在它對面，才急匆匆地跑去廁所。我碰地關上門後立刻落鎖，然後無力地靠著牆，砰咚一聲滑坐在地上。我身體的每束肌肉都因為鬆一口氣放聲尖叫，雙手控制不住拚命顫抖。

這一切都是我想像出來的嗎？我仔細檢查自己的右手，見到乾掉的血滲進掌心每一條縫隙皺紋中。

我還小的時候，母親讀過我的掌紋。她將我的手在她手中攤平，以指尖一路滑至掌心。

「這是妳的感情線，」她會這麼說：「然後這是生命線，智媛，我看得出妳會長命百歲、活得快快樂樂。」

但她錯了。這是我的命運，沒有幸福快樂，只有充滿痛苦與受傷的人生。我周遭的世界恍若柔焦一樣模糊一片。我想到了媽、智媛和我們的公寓，然後一手揣進口袋，覺得除了血液之類的東西我什麼都不會抓到。

我錯了，口袋裡有個沉沉的重量，一顆滑溜溜的眼球啪唧一聲落在地上。

我四肢跪地朝水槽爬去，一把搆住，拚了命想喘過氣來。我褲子膝蓋因為地上的積水溼透，我感到頭重腳輕，努力想要站起來。我轉開水龍頭，以冰冷的水沖刷雙手，注視著水流先是變成渾濁的鏽紅色，再滾滾流入被刮得傷痕累累的水槽。我盯著自己在滿是塗鴉的鏡中的倒影，以為會看見一隻怪物、一頭惡魔，或一名殺手，但那裡只有我，就只有我。

眼球在地上看著我。我撿起來，洗了洗。

智媛，妳想吃吃看嗎？

我不想；也不能。

妳發現他時他已經死了，妳什麼也沒有做錯。

但我有，我有。

這難道不正是妳想要的嗎？

不是這樣的。

都到了這個地步，後悔已經太遲了。

我還來不及勸阻自己，已經眼睛一閉把它塞進口中。因為在水龍頭下沖了太久，眼球冷冷冰冰，一股鹹鹹的液體淌下喉嚨。眼球外層是脆脆的軟組織，我硬把它挪進左頰，用臼齒去咬。果凍狀的物質在整個口腔中爆開。

它很美味，滋味濃郁而飽滿，和我吃過的任何魚眼都不一樣，完全不同。如果一定要說——它嘗起來更像內臟，有著些許類似鐵鏽的厚實味道。我又嚼又嚥，直到整個吃光，徒留鹹吱吱如鹵水一般的餘味。突然之間，我渴得要命，踉蹌走到水槽邊捧起雙手，裝了滿滿的水。我喝了又喝，直到肚子痛苦飽漲，然後又東倒西歪地走到馬桶吐光胃裡所有東西，那座白瓷便器裡的東西起了泡沫，顯出粉紅色澤。我壓下沖水把手，看著我的罪孽消失無蹤。

它們打轉著往下、往下再往下，直到一點痕跡都不留。

到家時，家人都睡得很熟。我在黑暗中脫掉鞋子站在那兒，沉浸在喬治近在咫尺的感覺裡。他好近好近。

喬治的鑰匙和皮夾擺在流理檯上，我逕自微笑著拿出他的駕照，走到廚房水槽，硬生生塞進廢棄物處理機裡。

39

當我在早上睜開雙眼，第一個想到就是溼濡滑溜的血液、硬脆的軟組織、馬桶中打轉而下的汩汩流水。我顫抖著凝望坑坑疤疤的天花板，伸手去拿手機。

手機裡是傑佛瑞源源不絕的簡訊攻擊，少說有二十則。我大粗略滑過，對他的厭惡不減反增。

智媛，我們可不可以聊聊？拜託。

我搞不清楚到底怎麼回事。我不曉得艾莉希斯為什麼想害妳跟我當不成朋友，但我發誓，她跟妳說的沒一句是真話，全都不是真的！

智媛😿

拜託，妳是我最好的朋友，我真的沒辦法失去妳。告訴我要改哪裡，不管我做了什麼，都很對不起。

他煩得要命，我試著不理，可是當手機又一次吵鬧著震動起來，我火大地打了回覆給他：

傑佛瑞，我現在真的沒空搞這些，拜託不要煩我。

我在心理學期末考遲到了十分鐘，只好用衝的進講堂。我的包包甩過來又甩過去，大口喘氣，汗水從臉頰流下。湯普森教授一看到我就抿起嘴脣、交叉雙臂。

「妳遲到了，」她不悅地表示，好像我沒發現似的。我一面傻傻對她眨眼一面努力思考該如何回應。

是的，我很抱歉，因為我昨晚吃了一顆流浪漢的眼睛，實在痛苦萬分，所以才……

我搖搖頭低聲說道：「對不起。」

她不置可否地嘆了口氣，還是把試卷遞給了我。我朝艾莉希斯幫我留的座位衝去，假裝沒看見她拿走背包前對我投來的憂慮目光，坐下來開始讀第一個問題。

語言是以何種方式形塑情感和感知能力？

我深呼吸一口氣，開始動筆。

考到一半，我中途暫停，感到頭暈目眩、分不清東南西北。我覺得雙手感覺很怪，低頭一看發現手上沾滿了血。這次不是夢，是真的。我開始發抖。

「智媛？妳在幹嘛？」艾莉希斯壓低聲音說。

「我的手。」我嗚咽著說。

「妳手怎麼了？」她注視前方，湯普森教授正火大地瞪著我們。「趕快考完妳的試！」

「沒辦法，我沒辦法，血實在太多了——」

「兩位，有什麼問題嗎？」現在全班都轉過來看我們，湯普森教授氣到臉色發白。

「妳們應該曉得這是考試不是分組活動吧？」

「我很抱歉，」艾莉希斯迅速地說：「智媛有點不舒服，而且——」

「我手上都是——」

「智媛，妳手上什麼東西都沒有！」艾莉希斯打斷我，露出懇求的表情。「拜託，我們得把試考完！」

艾莉希斯的語氣讓我回到現實。我凝視著自己的手，直到血全部消失。「對不起，」我低聲咕噥，然後才伏在試卷上拚命集中注意力。

考試結束後，湯普森教授在門口把我攔住。「妳是智媛，對嗎？」

我點點頭。

「妳有沒有考慮去看一下校內諮商師？」她不再憤怒，只是仔細打量著我的面孔。「是免費的。」

「噢不用，我不需要。我很好。」

她聳聳肩。「像妳這樣前途光明的年輕女生我見過很多——不但聰明，而且能力又好。可是她們在面對大學的學業壓力時卻非常辛苦。找別人聊聊可能會有幫助。」

我謝過她，蹣跚著腳步走進亮得刺眼的陽光裡。因為期末考週的關係，校園裡的學生比往常多，每張桌子和長椅都坐滿了人，拚命想搶在最後一秒把考試內容擠進他們超出負荷、疲憊不堪的腦子裡。我懵懵地走過他們身邊，發現學校保全朝我走來。我立刻感到胃往下一沉，僵在原地。

但他沒停，只是對我點了個頭就直接走過。我顫抖著吐出一口氣，轉身想走。然而，那些幾秒前還在讀書的學生卻突然目不轉睛地盯著我看。

他們知道我幹了什麼；他們知道了。

他們的皮膚延展變寬，身軀上開始到處出現孔洞，每個洞中都冒出一顆眼睛，極度湛藍，直盯著我看。我把臉遮住、拔腿就跑。

40

當我走進公寓，第一個聽見的就是喬治的聲音。他在媽的房間打電話，我每一個字都聽得一清二楚。

「聽著，我很愛珍，可是她還在為了那趟泰國旅行對我發脾氣！我根本什麼也沒有做……好啦也許有吧參議員，這件事我不會承認也不能否認……」接著便是一陣爆笑。我躡手躡腳，一邊偷聽一邊靠近臥室門。

「我知道這很扯，但是如果珍真的原諒了我，那她可以當我小三。」更多笑聲——「反正都是珍的錯，要不是她把我踢出公寓，我也不會幹出這種事。」

我整個人貼著牆壁，想像自己變得扁扁的、融進去，完完全全消失不見。我聽到另一邊的喬治正在來回走動，聽到他清喉嚨，然後床嘎吱響。他坐了下來。「反正有人可以煮飯打掃幹那些雜事真的挺不賴的，我什麼也不用想——完全不用！她會幫我洗衣服，煮那些莫名其妙的飯菜。而且我有跟你說過那兩個女兒嗎？」他發出一聲呻吟，「太扯了，我告訴你——小的那個屁股超翹，而且每次都只穿小熱褲跑來跑去，小蕩婦。」

我跑回前門，使出渾身力氣砰的一聲甩上門，「我回來了！」然後憤怒地大吼一聲。

喬治衝出臥室，抓耙著頭髮，臉上都是罪惡感。

「喔嗨，ＪＷ啊，學校還好嗎？」

「很好，」我的語氣聽起來不慍不火，但其實我怒火中燒。我想讓他流血，我想剖開他的腦袋、剝掉他的皮膚、吃了他的眼睛。喬治緊張兮兮地盯著我。

「妳什麼時候到家的？」他問。

「就剛剛。」但我其實不是想這麼說。我本來想說的是：我什麼都聽見了，你他媽的王八蛋，而且我會讓你後悔自己說出的每一個字。

喬治在智賢和媽回到家時才發現駕照不見。當母親靠過去想吻他，他躲開她噘起的嘴，沉下一張臉，雙手扠腰。「妳有碰過我的皮夾嗎？」

「沒有啊？我為什麼要碰你的皮夾？」她的語氣小心而斟酌。不知怎麼，我總覺得他們以前也有過這種對話。

「因為好像有人對它動了手腳：我的駕照不見了。」他把皮夾倒過來瘋狂亂甩，信用卡、身分證和鈔票整堆掉在地上。他趴下來，在那堆東西裡仔細翻找。

給我跪下，你這米蟲。

他突然轉向智賢，「ＪＨ，是不是妳？」

「什麼？你為什麼要問我？」我妹妹問道，覺得被嚴重冒犯。

他暴跳如雷地進了臥房又出來，我聽見他壓低音量咕噥咒罵。媽進了廚房忙東忙西，然而，即使在鍋盤鏗鏘之間，我都能清楚聽到喬治爆發的怒氣。智賢一屁股在我旁邊的沙發坐下，緊貼在我身上。「是妳拿的嗎？」她悄悄在我耳邊說。

「當然不是，」我裝出一副驚訝。

她不相信。「那妳為什麼這樣？」

「我哪樣？」

「妳懂我意思，」我妹妹的大眼之中裝滿譴責。我別過臉避開她，不想讓她讀到我臉上的罪惡。

「我真的沒有，智賢。妳放輕鬆一點好不好。」

她往後靠著沙發，兩腳蹺到咖啡桌上。她常因為這個動作被媽罵。我打開電視，智賢卻伸手過來按下靜音，嘴巴扁成一條不悅的形狀。「妳最近的舉止超怪。妳老是盯著喬治看，然後就開始放空，而且妳還——」

我從沙發上站起來走進我們房間，她沒追上來。而我整個人往床上一倒，拿枕頭蓋住腦袋，太陽穴上的疼痛不斷加深。

我腦中只聽得見那句「小的那個屁股超翹，而且每次都只穿小熱褲跑來跑去，小蕩婦。」他的聲音迴盪了一遍又一遍。

蕩婦。

我的妹妹。

我的智賢。

我要在所有人面前割開他喉嚨。

臥室門咿呀一聲打開，枕頭唐突地被移走。我眨眨眼睛，智賢的臉就在我上方，鹹鹹的水珠從她眼中落到我的臉頰、下巴和鼻子。我坐起身，輕輕把她拉上床，坐到我大腿上，和我們小時候一模一樣。

「怎麼了？」

「我真的好擔心妳——還有媽、還有婚禮，都沒有人要管，而且——」

「啊？妳為什麼要擔心我？」我問。

「妳每次都會做惡夢，然後做出一些很怪的舉動。我就是……我就是不懂。我想要一切可以回到從前。」

「回到從前？」

她吸了一下鼻子，粗魯地用手背去擦，並在上面留下整片閃亮的鼻涕。「回到爸還在的時候。妳難道不這麼希望嗎？」

我注視著被智賢救下的照片，看著父親買給她的一系列公仔娃娃。如今她仍會用期望的眼神注視它們，有時我甚至會發現她一個一個地給它們撢灰塵。

「不會。妳想念爸嗎？」我問。

智賢陷入沉默。「也許不是爸，」她說：「也許我想念的是……過去的一切。我們以前很要好，現在卻好像沒什麼講話機會。我知道妳學校的事情很忙，可是我以為……」

我伸出雙臂用力抱住她。她實在好小好小。有時她表現得太過成熟，會讓人忘了她其實還很小。智賢只有十五歲，只是個孩子。

「我們還是很要好啊，妳什麼時候想找我講話都可以。我們現在不是這樣嗎？我們不就是在講話嗎？」

「大概吧。只是……我有一個可怕的感覺，好像某種不祥預感。一開始是爸離開，接著媽又認識了喬治，然後妳……」她打了個嗝，拉出我身下的毛毯，把我們兩人包在一起。我不禁想起以前我們在臥室蓋的祕密基地。「我們到底是怎麼了？我們家難道被詛咒了嗎？」

「不要說這種話，講這種話很不好。」

「是真的，我真的打從骨子裡這樣覺得：我們被詛咒了。」

「不要說了！妳再說我就不理妳了，」我邊說邊去捏她手臂，智賢痛呼一聲，我們望著對方，在這小小的繭中感到安全無虞，然後呵呵笑了起來。「媽難道沒告訴妳，哭了之後要是馬上大笑屁眼會長出一堆毛？」我擺出嚴肅表情這麼說道。

我們笑得更厲害，簡直就要喘不過氣。現在連我也哭了出來，淚水汩汩流下臉頰。等我終於費盡力氣止住眼淚，智賢便把臉埋進我頸窩。她的最後一滴淚落進我衣服裡頭。

「姊姊，我愛妳。」

「智賢，我也愛妳。」

「妳覺得一切都會好起來嗎？」她問。

「一切都會好起來的，我保證。」

當媽打開廢棄物處理機，喬治並不在家。那東西隆隆發出超大聲響，刀刃無情地呼呼轉動，再嘎嘎停下。

「這是什麼？」媽低頭瞇眼望著水槽，無論按幾次牆上的開關，處理機都泰山不動。最後她把手伸進洞裡，拉出了喬治的駕照。那東西已經化為碎片，他的照片整張撕裂，唯一清楚的部分只剩眼睛。

媽皺起眉頭，逕自咕噥著說「這男人啊」。她把喬治的眼睛扔進垃圾桶。我則湧上一股想搶救它的衝動。「他最近可真是健忘。先是鑰匙，現在又是這個，」她看了我們一眼，「不要跟他說好不好？他不用知道。」

智賢和我點了點頭。媽似乎忘了喬治從不洗碗，也絕對不會靠近廚房水槽。有一次他吃完東西，就只是站起來一屁股坐到電視前面。每次都是媽跟在他後面收拾。但是智賢不會忘。

我跳起來，「媽，需要幫忙洗碗嗎？」

當我戴上洗碗手套開始洗，又感到智賢盯著我不放；她在等我轉身，這麼一來就能仔細審視我一番。但我堅定不移地站在那兒一動也不動。最後她舉手投降，躲進我們房間。

最瞭解我的人就是智賢。如果她多看我一秒，無疑就會找到她想找的答案。

41

「妳及格了嗎？」艾莉希斯的聲音聽起來上氣不接下氣，我用力把手機貼在臉上，想要盡可能拉近和她的距離。

「我及格了！我不用留校察看了！」

她激動大笑著說：「恭喜！我就知道妳做得到。」

「謝謝妳這麼相信我，」我往後朝床上一倒，笑到嘴都要裂開了。「要是沒有妳我絕對不可能做到，真的。」

「噢拜託，這都是靠妳自己的努力好嗎，我又沒有幫妳念書或幫妳考試還是——」

「好啦好啦，這都是靠我自己的努力，妳一點忙都沒幫。這樣說有好一點嗎？」

「唉唷如果妳要這麼忘恩負義，我就不邀妳參加本週舉辦的超殺派對了喔。」

「派對？」

「沒錯，絕對會超炫超讚，邀請名單簡直發瘋。妳不來真是太可惜了⋯⋯」

我瞬間停住；她完全沒提過派對的事。

我努力不要讓自己太猴急，開口問說：「有誰會去？」

拜託不要有亞倫，誰都可以，但他除外。

「我，也可能有妳，如果妳對我不錯的話。」

我笑出來。「好啊好啊，那不要邀我，妳就自己去辦好了。」

「智媛！」艾莉希斯彷彿受到了冒犯。

「怎樣啦？」

「妳應該知道講這種話很傷我心吧。」

「是妳說不邀我的啊！」

「這個嘛，因為妳是特邀嘉賓，所以非到不可。這派對是為妳辦的，慶祝妳所有科目都及格。」

「如果是這樣的話……」我盯著天花板，想像艾莉希斯的臉龐。電話另一端，真正的艾莉希斯清了清喉嚨，問了我一個問題；上方的假艾莉希斯則垂下眼神，用蜂蜜色的雙眼注視著我，睫毛輕柔，像羽毛一樣。

「智媛！」

「怎樣？」假艾莉希斯消失在天花板上。

回來。

「——我說這週末妳願意來我家和我一起慶祝嗎？」

「這個嘛，妳也曉得我真的很忙，但是呢……既然我是特邀嘉賓，我想我是可以挪個一晚出來。」

「我現在不在妳旁邊算妳好運，不然我一定揍妳。」

我嗤了一聲。「最好是啦。」

艾莉希斯把音量壓低到悄悄話的程度，我只能勉強聽見，「是說，妳有聽說嗎？」

「聽說什麼？」

「幾天前我公寓附近發現死了一個人，然後來了一堆警察，有夠扯的。他們把那條街封起來整整四個小時。」

我胃裡一陣翻攪。「什麼？發生什麼事了？」

「不知道，但是梅莉莎有親戚在警局工作，她說現在那件事被當成兇殺案調查，我猜屍體好像是……有某些部分不見了。那人被下了藥；他們覺得是安眠藥。」我呼吸霎時哽住，時間慢了下來，而艾莉希斯顯然還在講話。「現在回想，警察和那一切——就發生在學習小組聚會夜之後那天，妳說是不是很誇張？」

「真的很誇張，」我不禁結巴，「是說，這學期妳選了哪些課啊？」

再過幾天喬治就要去泰國「出差」一個禮拜，他正興奮地在打包。當我注視著他把行李箱疊在門口，腦中充斥的都是他說智賢的那些話，還有那個叫珍的神祕女子。我想問媽曉不曉得喬治的祕密生活，如果她還在乎。然而，我腦中也不斷重播著那個畫面：媽坐在地上，溼濡扁平的頭髮貼臉，眼淚緩緩落下地板。我也感受到同樣的恐懼，聽著她粗淺的呼吸，深知自己什麼也不可以說。

42

喬治正在某個地方尖叫。我跟隨他的聲音，在黑暗中盲目行走。他一個人在媽的床上，看見我時睜大了眼睛，眼中露出驚愕的神情。

他知道了；他知道我要殺他。我伸手順著他的臉撫摸，拂過他的皮膚。

我會很慢很慢，我要享受每一秒鐘。

我突然聽見一個響亮的鼾聲，霎時醒了過來，分不清東南西北。我站在自己房間裡面，腳深陷到地毯之中。我正撫摸著一張看不見的臉和一雙看不見的眼睛，完全不記得自己有站起來或走到這裡。

我眼前的智賢和毯子亂七八糟糾纏成一團。我伸手過去，卻在同時意識到那根本不是智賢。我腦中的迷惘消失了。打從小時候，我們兩人就睡在同一個房間，她的每個習慣動作都深深刻在我腦海裡。她熟睡的時候會說夢話；墜入夢鄉時會抽動幾下。

我花了幾秒重新調校視線，卻很快就認出那到底是誰。那是母親，我是在她的房間裡。她睡在她的那側，即使床鋪其他地方空空如也，她仍靠在最最角落。也許是因為她習慣讓自己變得渺小，也許是因為她花了一輩子讓自己在父親和喬治那種男人面前不引起任何注意。也許，如今這已成為下意識的反射動作。我替她難過。當我檢視她的五官，並在其中看見智賢和自己，又更加難過了。我們的每一部分都與她密不可分，在這顆毛線球中，我們相互糾纏——母親，智賢，以及我。

第二天早上，媽一臉若有所思地啜飲咖啡。「我做了一個非常奇怪的夢。」她說。如果喬治不在，她就會素著一張臉，穿著腿上一堆破洞的舊法蘭絨睡衣。媽打著呵欠說：「我房間有鬼，是女鬼。她站在我床腳好久好久，看著我睡覺。不過我一點也不怕，因為我好像認識她。妳說這是不是很怪？」

「說不定那是外婆的鬼魂。」智賢熱切地表示。

「說不定呢，」媽露出微笑，覺得這個想法有點安慰。「母親來夢裡看我？這難道不算好兆頭嗎？」

43

婚禮只剩短短三個月。由於喬治不在，注意力無法分散，母親便有點走火入魔。「三個月，」她會壓低音量恐慌地呢喃，衣服和頭髮全都亂七八糟，眼袋變成煮過茄子的顏色。

今天她分別去了四家手工藝行，還拖著智賢和她一起。幾個小時後，她們帶著十個塞到快爆炸的購物袋回來，裡面裝了彩色紙巾、鐵絲和電氣膠帶。妹妹的眉頭皺到幾乎打成死結。她經過我身旁時惡狠狠地看了我一眼，彷彿母親挑她作陪不挑我都是我的不對。

晚上，媽坐在電視前面著手修改禮服。找別人做應該會簡單一些——很可能也會比較便宜——但母親只要決定了一件事，就會固執到底。

「重穿先前失敗婚姻的婚紗難道不會觸霉頭嗎？」智賢哼哼抱怨，我啪的打了她後腦杓一下。

「不要說這種話。」

她不開心地瞪著我。「妳明知道是這樣沒錯，只是不肯承認。」

我們又看了母親一會兒。她一直不小心戳到自己，每次戳到就會嘶聲喊痛，把手指塞進嘴裡。

「妳覺得這次能維持多久？」智賢說：「是說妳覺得他們撐得到結婚那天嗎？」

我聳聳肩。「誰曉得？」

媽已用在手工藝行折扣品桶裡找到的幾碼蕾絲做好面紗，那塊東西皺巴巴，但她似乎對結果十分滿意，一邊改禮服一邊戴在頭上。我注意到她的眼神不時會往門口飄去，朝鞋架看，我不禁想起父親離開的時候。即便現在，她仍擔憂喬治出完差不會回來，會改變心意不想結婚，對她的感情會產生變化。

接著媽專心製作要放在餐桌中央的擺飾，並希望我和智賢都來幫忙。她買的紙巾、鐵絲和電氣膠帶是要用來做花的，這是她在網路上看到的手做創意。她已經做了一大堆原型，那些東西在客廳咖啡桌上滾來滾去，看起來不堪一擊又拙劣。但是當她展示給智賢和我看，我們依舊微笑點頭。

更衣間一度塞滿了破傘、毛衣、節慶裝飾以及父親的舊東西，如今則滿是婚禮裝飾的盒子。

而我已經很久沒在任何地方看過紅白薄荷糖了。

44

艾莉希斯買了一瓶香檳來慶祝，桌上鋪滿各種零食：辣味奇多、洋芋片、蔬菜盤，還有一盤現烤的巧克力碎片餅乾。梅莉莎不在家，我們坐在艾莉希斯軟綿綿的沙發上，大腿緊貼。和她這麼靠近令我不禁心跳加快，只能顫抖著深吸一口氣，希望不會被她發現。

艾莉希斯沒有香檳杯，所以我們用咖啡杯喝。我們鏗鏘碰杯，然後咕嘟咕嘟吞下冒泡的液體——我除了在媽和喬治訂婚後喝過一次，以前其實沒喝過幾口酒——並馬上感到頭重腳輕。我整個人變得輕飄飄，講話也大舌頭起來。

「這真是太棒了！」我大聲打了個嗝，趕忙把嘴遮住。「唉呀，原來喝醉就是這種感覺啊。」我們爆出一陣大笑。

看了幾分鐘沒內容的電視節目後，艾莉希斯轉向我，臉上綻開一個淘氣的笑容。

「要不要我去拿點更烈的？」

「更烈的？」

她站起身，跑進公寓唯一的臥房，我猶豫著跟在她身後。我從來沒進去過，忍不住好奇地打量起四壁的海報和裝飾。「這一邊是妳的嗎？」我邊問邊伸手觸碰她的床邊桌和檯燈。

「沒錯，雖然沒什麼東西。」她先聳了聳肩才俯身蹲下，以華麗的姿勢從床底下變出一只鞋盒，「啊哈！」

盒裡有瓶琥珀色的液體，我認了出來：那是龍舌蘭。旁邊還有一隻應該是伏特加的透明瓶子，以及一堆眼熟的白色藥丸，就是她上次給我的安眠藥。看見它們以無辜姿態躺在盒中，我不禁有點驚訝。

她撈起棕色瓶子、帶我回到客廳。我從沒喝過龍舌蘭。即使擔憂自己會顯得青澀，還是讓她往我杯中倒了一些。我們碰杯，艾莉希斯仰頭一飲而盡，我也學她的動作。那道液體燒灼我的喉嚨，嗨我一陣猛咳，艾莉希斯邊笑邊拍著我的背。

然後，暖意幾乎轉眼擴散全身。我覺得我的臉頰一定超紅，因為艾莉希斯笑著說：「妳簡直和龍蝦沒兩樣！」

「真是謝謝妳喔，」我口齒不清地說：「妳還真是我的好朋友。」

「嗯哼，不要假裝妳不喜歡喔。」她頓了一下，又多倒了一些出來。「能認識妳我真的很高興。我搬到這裡的時候還以為能夠過得開開心心，可是……自己生活真的好辛苦，我很想家。」

「我也是。」我默默地說，拿起杯子喝了一口。

艾莉希斯以為我在開玩笑，「如果妳這麼想家那就快回去呀，」她用開玩笑的語氣說：「妳家不是……大概只要十分鐘就會到嗎？」

我該怎麼向她解釋，我想念的家並不是一個地方，而是人生還在合理範圍、身邊事物都沒有脫序的那段時間？

我勉強咬著牙說：「是二十分鐘。」

然後我就突然想到：偶爾，當我和她在一起也會有類似家的感覺。雖然和我在找的那個失去的家不盡相同，卻十分類似。

「總而言之，妳是我第一個真正的朋友。現在學年也快結束了，」艾莉希斯繼續說，打斷了我的思路。「不是滿令人悲傷的嗎？」

「其實不會，」我望著自己的手；它們正在顫抖。「我這輩子都住在洛杉磯，妳卻是我唯一的朋友。那才叫悲傷。」

她的表情緩和下來，「智媛，其實也沒有那麼悲傷，至少我們可以在一起孤獨。」

「聽起來怎麼好像更糟了，」我努力咧開笑容。「妳和我一起嗎？這樣我的人生絕對會陷入混亂，妳一定會把我帶壞的。」我對著空空如也的龍舌蘭瓶子比了比。

艾莉希斯裝生氣，張大了嘴巴，用開玩笑的方式打了我一下。「我可是天使好不好，」她抗議道，「真要說的話妳才會把我帶壞咧！」

我任憑她把我推來推去。她的手輕輕碰著我的肋骨，感覺很棒。我在笑，她也在笑，但是她突然之間卻停了下來，呼吸變得粗重。我立時敏感地意識到我與她之間縮短的距離、她香水的味道，以及她在我臉上游移的目光。我的心跳在耳中震天價響，整個人頭重腳輕，但接著她就往頸後摸索、倏地僵住。

「我的項鍊！」她尖叫一聲，「不見了！」

我整個清醒，拉開和她的距離。當我們的腿不再相貼，一陣空虛感立刻湧上。艾莉希斯驚慌地往地上一趴，在老地毯的毛線之間到處尋找。

「我們一定會找到妳的項鍊，」我脫口而出，也幫她一起趴在地上找。她似乎沒發現我滿頭是汗、喘不過氣。

她為什麼要躲避妳的目光？因為妳讓她很不自在。

當午夜降臨，我們已經爛醉如泥，在人行道上踉蹌。現在晚上越來越暖，時節也到了四月，春日正盛。因為龍舌蘭的關係，我在呼吸中嘗到酸味，腦袋混濁一片，身體輕得彷彿能飄起來。酩酊大醉真的好放鬆，我完全不會想到喬治和他的眼睛、婚禮、我母親，還有智賢。我就連那個流浪漢和他臉上黑洞般的眼窩都忘了，滿腦子都是艾莉希斯，以及和她在一起、有她在身邊多麼愉快。

我們沒找到她的項鍊，所幸她喝得夠多，很快就忘了這件事。

「我餓了，」艾莉希斯唉了一聲。彷彿某種回應，我的肚子也咕嚕咕嚕叫了起來。我尷尬地用雙手壓住，她則咯咯發笑，「妳也餓啦？」

「快餓死了。」我說。

我們走在路上，手臂勾在一塊兒。艾莉希斯喋喋不休地講著她想吃的每樣東西——炒河粉、In-N-Out漢堡、冰淇淋——我則在手機上找位置。

「泰國餐廳關了，」我說，艾莉希斯呻吟一聲。「In-N-Out好像也關了。」

「不！妳一定是在開玩笑！」艾莉希斯說。

「不是，我沒開玩笑。」我給她看螢幕，她瞇起眼睛讀著我開的那個網站。

「那我們該怎麼辦啦？」她一副世界末日來臨的模樣，我卻忍不住偷笑起來。「智媛！不准再笑我了！現在該怎麼辦？我們要餓死了啦！」

「妳真的很誇張欸，」我實在忍不住推了她一下，她也推回來，我們突然之間在大馬路中央上演某種全武行，對著彼此哈哈大笑。

「投降吧智媛！妳輸了！」

「OK好啊，我輸了，」我離開她，她咧嘴一笑，牙齒在月光下白得發亮。

「那我可以得到什麼？我會有什麼獎賞？」

「什麼意思？」我問，差一點絆倒。

「我贏了啊，所以要給我獎賞。」

「妳想要什麼都可以。」我不禁結巴，手掌開始冒汗。

艾莉希斯陷入沉默，一手捧著下巴，「那好，我想要問妳一個問題——什麼問題都可以問，而且妳一定要老實回答。」

「當然。」

「告訴我妳最深、最黑暗的祕密。」

「我的祕密？我……我沒有祕密。」

「拜託，每個人都有祕密。」

夜色是如此平靜，我忍不住懷疑自己困在了一張照片裡。附近街道傳來車流的隆隆聲，當引擎呼嘯而過，我側耳傾聽。

「所以呢？是什麼？」

我對著她吐吐舌頭。「我的祕密就是：我討厭大家要我跟他們說祕密。」

她又推我，這次我因為沒有心理準備，結果一屁股往後坐倒。艾莉希斯嚇了一大跳，伸手摀嘴。「對不起！我不是故意的！」

我抓著她一起把她往下拉，直到她整個人摔在我身上。

我們聲音大到恐怕會吵醒整條街的人，但我不在乎，艾莉希斯也是。然而，馬路盡頭卻突然出現一個渾身黑的人影，用閃閃發亮的眼睛注視我們。我不禁尖叫，艾莉希斯也一樣。我們害怕得抱在一起。

那個身影往前走，離開陰影，街燈彷彿受到指示一樣開始閃爍。我們看見了他的臉孔——是傑佛瑞。

「搞屁啊！」我喊道：「你把我們嚇得魂都飛了！」

「兩位抱歉，我只是在散步，因為聽到吵鬧聲所以才過來看看。真巧啊，竟然在這裡碰見妳們！」

艾莉希斯站起身，我也一樣。我們一肚子火地瞪著他。

「智媛，我傳了好幾次訊息給妳，可是妳都沒回。妳還好嗎？還在生我的氣嗎？」

打從上次見面，傑佛瑞的訊息就變得非常不規律又更加頻繁，而且講的事情每次都一樣：懇求我跟他講話，懇求我們能夠恢復友誼。說老實話，這真是可悲至極，而且只是讓我更加火大。我以為他會接收到暗示，在理解他送的那個毫無敏感度的蠢禮物有多冒犯人後乖乖消失。可是他真的是頑固到了討人厭的程度。

「沒有，傑佛瑞，」我說：「我只是很忙；我本來要回覆的。」

他看著艾莉希斯，眼神流露出一絲輕蔑，我不禁想起他是怎麼講她的。於是我站到他們兩人中間，擋住傑佛瑞的視線。「走吧。」我低聲對她說。

我們還來不及離開，傑佛瑞就抓住了我的手臂。

「妳根本不知道自己在做什麼，」他突然發難。當傑佛瑞五官扭曲，並因此看起來變得更老、更生氣時，我的恐懼突然排山倒海地湧上，彷彿第一次看清他的真面目；他讓我想到喬治。「智媛，妳傷害了我。」

「請你放開我，」即使心臟跳得超快，我依舊保持冷靜。他將手指一根一根鬆開，好像放開我會讓他很痛一樣。

「好。」他說完後大步走開。

我幾乎要在他後腦杓瞪出一個洞來。

要是你敢再這樣碰我，我就要一根、一根把你手指頭折斷。

艾莉希斯和我看著他轉過轉角、消失身影，才急忙跑回她的公寓。

「他到底是怎麼找到我們的啊？」艾莉希斯搔著腦袋問。

「不曉得，」我說：「說真話，妳對他的看法一點也沒錯，他超級怪。」我停頓一下，望著手機。「天啊，我都沒發現這麼晚了，我媽一定會殺了我。」

「糟糕，」艾莉希斯露出有點罪惡感的表情。「抱歉。那妳可以告訴她都是我害的。」

「我覺得她應該不會相信，」我說：「離開前我可以用一下廁所嗎？」

「當然。」她指著走廊那邊，我站起來，房間天旋地轉。我還很醉，站不穩腳步，每走一步胃都在瘋狂翻攪。儘管如此，我仍懷著一股使命感，非常清楚自己必須做什麼。

我運氣很好。艾莉希斯在講電話，沒空注意我溜進了她房間。那只鞋盒在地上盒蓋大開，我順了一把藥丸塞進口袋。

45

我沒搭電梯，而是搖搖晃晃地從樓梯井下去，努力讓自己清醒一點。來到最底下後，我一把將門推開，走進通往大街的巷子。

某處傳來刺耳又深沉的呻吟，一陣寒意從脊椎爬上。我碰一聲把門關上。

我等了一會兒才把門推開一點縫偷看。外面很黑，我把頭探出去，然後——又傳來一聲呻吟，我的心跳震耳欲聾，那個聲音就在另外一邊，再待在這並非明智之舉。可是好奇心是會殺死貓的。我打開手機內建的手電筒。

地上有根手指在抽搐。我將手高舉，燈光抖動著東彈西跳，照亮扔得到處都是的垃圾、踩扁的外賣盒、凹陷的罐子和一條長長的繩子。我屏住呼吸，把燈拿穩，朝那根手指靠近，而那隻手的主人正靠在水泥牆上一下一下地顫抖著。

那是一個人。他仰躺在磚牆旁邊的地上，閉著眼睛。那人臉頰上斑駁布滿紫色瘀青，前額橫了一道還在滲血的刮傷。

「天啊，」我俯下身，直照他的臉龐，「需不需要幫忙？你受傷了嗎？」

他又呻吟一聲，我遲疑了一會兒才靠近，「要叫救護車嗎？」

聽到之後，他顫抖著睜開眼睛，虹膜的顏色讓我不禁驚呼。

藍的。它們是藍色的。

我想都沒想，趕忙關掉手電筒，把手機塞進口袋。

智媛，這裡很暗，妳想做什麼都可以。

我適應著黑暗，除了自己斷續的呼吸之外什麼也聽不見，空氣中瀰漫一股惡臭。尿液，垃圾，腐爛物。

儘管有這些氣味，我卻餓得幾乎無法忍耐。我輕拂過他的臉頰，用拇指去壓他的瘀青，聽見他吃痛喘氣。他又閉上了眼，但我想要看。我碰觸他的睫毛：很軟很細緻。我能感覺到那層皮膚底下眼球硬硬的觸感，想像那多汁柔軟的豐熟感受。我的口中湧上唾液，伸手掀起他的眼皮，能拉多高就拉多高，然後注視著裡頭閃耀光澤的粉紅色。

我想要；我需要。

我用舌頭去舔他的眼白。鹹鹹的，是他的淚水與汗水。我全部都能嘗到。

我從包裡拿出刀，心中沒有其他念想，只盲目充滿想吞吃嚥下的渴望。我以刀刃貼著他的皮肉一道劃過，看著鮮血滴滴淌下他的臉龐，與蒼白的肌膚相映更顯鮮明。好美。我用力往下壓、割破軟組織。男人因此發出哀嚎。

刀子碰咚落地，我站起來迅速躲到垃圾桶後面，努力不要發出呼吸聲。

他的尖叫聲超大，甚至令我耳鳴。我靜靜等待著隨之而來的呼喊和警鈴呼嘯。

我的額上冒出粒粒汗珠，時間靜靜流逝、不斷延長。我想像著可能發生的那些恐怖場景——我的腦袋被槍指著、我被銬上手銬拖走、我遭警棍痛打一頓。

但是什麼都沒發生。沒有探出頭的好奇鄰居，沒有警鈴、沒有警察。只有我和那雙美麗藍眼單獨相處。我從垃圾桶後方躡手躡腳地鑽出來。

刀子大剌剌躺在那裡，我撿起來再次動手割。現在他安靜了下來，也許是睡了過去，或已麻木感覺不到痛。我忙不迭地仔細進行。當我割掉那人的眼皮一角，他啪的睜開眼睛，皮緣因此掀起，血從眼角汩汩湧出。

我忍住一聲尖叫，他哭喊著抓住我，手指緊扣我的手腕。我想抽掉，試圖掙脫箝制，可是他抓得太緊，力氣太大了。那人把我往他的方向拉，刀子一個脫手，掉到了拿不到的距離。

當我拚命伸長空著的手去拿刀，關節都發出啪啦聲了，我身上每一根肌肉都在尖叫。他把我拉倒在地、用力狂扯。我仰躺在地，被他拖得越來越近。我的衣服掀起，露出赤裸的肚皮；粗糙的水泥地刮過皮膚，我的腦海冒出一陣高頻哀鳴，迴響不停。我的視線中出現白光，像流星一樣跳來跳去。

我不知道還能怎麼辦，也不知道該如何掙脫，只能用力閉緊雙眼、盲目亂踢，盡可能攻擊他身上任何一處：手臂、肋骨、腹部。但不管我怎麼做好像都沒有用。

最後我總算踢中他的腦袋，他脖子一歪，我眼睜睜見他在磚牆上碰的撞出一個恐怖的聲音。他馬上放開了我。

我看都不用看就知道他死了。我顫抖著爬到他的屍體旁邊，碰了碰他的手臂。他沒有動。我努力想把他抬起來弄成坐姿，可是他的頭軟趴趴的，前仰又後倒，搖擺一陣後才再次倒回地上。

我應該要怕得要命，但我沒有，我什麼也感覺不到。我靠著牆壁，頭埋進手中哭泣，一直哭到再也無法承受，才站起身用不穩的雙腳蹣跚行走，去拿屬於我的東西。

我將刀從眼窩邊緣刺入。第一顆眼睛輕而易舉，它發出溼漉漉的啪唧聲彈了出來，我果決地將視神經切斷。第二顆就難多了，因為它已經被我弄破，流出太多血液，因此變得滑溜溜，很難抓穩。於是我改成用指甲把它摳出來。

我咬下軟組織，它在我口中迸開，血噴出來，流進我喉嚨深處，讓我忍不住發出狗的嚎叫聲。腎上腺素再加上那個滋味——*天啊，那個滋味*——愉悅感一波接著一波擴散全身，我如登極樂，大咀大嚼，先用力吞下第一顆，然後才把第二顆塞進口中。我將血、體液和汁水吸吮乾淨，先感受它在我口中扁下去才吞嚥。我在牛仔褲上擦淨雙手，跌跌撞撞走上人行道，回到光裡。

46

春季學期開始，校園中的繁花和綠意綻放爆發，櫻花和紫色的藍花楹覆蓋人行道，活像五彩碎紙。燦爛的粉紅色九重葛花瓣薄如紙片，爬滿整片水泥牆。不遠處的山腰裹在黃色之中，芥菜科植物密密麻麻，相互糾結在一起。

課間休息時，學生會在方院的草地上鋪開毯子，在陽光下伸展身體、小憩一會兒。氣氛十分放鬆，因為已經到了放暑假前的最後階段，所以沒那麼緊繃。艾莉希斯和我大多時間也會躺在這裡，靠得很近。我們會腿貼著腿一起讀書、寫作業，兩人一齊伏在教科書上。休息時間，艾莉希斯會用似乎在一夜之間發芽的蒲公英做成花束。在鮮翠碧綠的草皮上到處都是它們的黃色王冠。

「漂亮的花，送給漂亮的妳，」她每次都會邊這麼說邊把花拿給我，而我則會綻開笑容。

這天下午，當我們去到草坪，艾莉希斯卻似乎心事重重。她完全沒看蒲公英一眼，也不講話。她雖然坐在這裡，卻只是心不在焉地翻著書。

我等她著開口說些什麼，但她沒有。

「怎麼了嗎？」最後我還是開口問。

「他們說有人晚上在我公寓旁邊被搶劫殺害，」艾莉希斯細著聲音。「是住在我們大樓的人，我從新聞上認出他的照片。我之前看過他，他一直對我滿好的。」她先是緊緊抿著嘴脣，然後才將臉別開。

「妳認識他？」我嚇得坐了起來。

「不算是。我們每次碰到都會打招呼，有一次我們還聊了一下他的狗。但這件事還是很令人震驚，感覺實在和我……太近了。」

我咬住嘴脣。頭上有隻孤鳥飛過天空。我努力想找出正確的話跟艾莉希斯說，卻似乎遍尋不著。「那真是太可怕了，我難以想像妳現在是什麼感受。」

「我很害怕，」她難過地說：「這真的是太糟糕了。昨晚我做了個惡夢，夢見自己被一個揮著刀的神經病追殺。」

雖然她不知道，可是她說的就是我。我只好拚命壓抑想笑的衝動。這令我想起那天晚上，回想起酒精開始從我體內消散時產生的勝利感。當我在我們公寓大樓外面的灑水器俯下身，任冰冷的水將血沖掉，莫名產生一種在做夢的感覺。那幅畫面在我腦中一遍又一遍重播，直到我跪下，溼答答的衣服黏在皮膚上。

頭顱磕牆的碰一聲。

手中鮮血的黏呼呼……

艾莉希斯還在講話，完全沒發現我已遁入另一個世界、另一個宇宙。

「智媛，妳到底在想什麼？」

我搖搖頭。「抱歉，沒事。」

「我問妳我們是不是該買個防狼噴霧。妳覺得呢？是說，誰都可能是那個兇手，搞不好那傢伙現在就坐在我們旁邊。」她對著離我們最近的一群人瞇起眼睛。「那傢伙看起來就超怪，搞不好就是他。」

「妳不需要防狼噴霧，」我對她說。我們的毯子上爬來一隻螞蟻。我注視著牠慢慢靠近我的鞋子邊邊，然後在襪子旁停下。我想都沒想，一個伸手就用拇指和食指把牠捏爛。「妳什麼都不用擔心。」

回到家時，我發現喬治已經從出差回來，早早下班去機場接他的媽也在，還有智賢。他們三人在沙發上擠在一起看新聞，音量轉得超大，我打開門前就聽到了。他們呆滯地看著電視螢幕，一動也不動，就連我走進去都沒抬頭。我在智賢臉前揮揮手，她一把將我手打掉。

「唉唷！幹嘛啦！」

「走開啦姊，我看不到電視了。」

我一屁股坐在他們面前的地上。「你們到底是在看什麼？」

智賢示意我別吵。「有兩個人在妳學校附近被殺了。」

我腹中一陣翻攪，只能一手扶著咖啡桌穩住自己，再轉過頭看她。「妳說什麼？」

「安靜聽啦。」

電視上的新聞女主播擦了鮮豔唇膏，深色頭髮，雖然她的嘴巴在動，但我耳中的血液也猛烈地搏動著，讓我聽不見她到底在說什麼。

「……有關當局呼籲握有相關資訊的人士出面指認，同時也希望各位與家人都要小心注意安全。」

女人說完，畫面立即消失，換上清潔噴霧廣告。喬治拿起遙控器關靜音。

「太扯了啦。」智賢說。

「他們在說什麼東西？」我問道，努力不要表現得太過緊張。「我很多地方沒聽到。」

「有一個學生和一個流浪漢在妳學校不到一英里的地方被殺了。他們說兩起謀殺很可能有關連，大家都要小心一點。喔，他們還講了一些調查和附近增派警力的事。」智賢說。

也許這只是我的妄想，但她看我的神情彷彿帶著控訴。我別開目光、喉嚨一緊。我的胃痛了起來，只能拚命吞下湧上喉嚨的膽汁。

「妳最好多多小心。」媽說。即使是在對我講話，她仍目不轉睛盯著喬治的臉。媽一手貼著他的背，彷彿擔心他會隨時消失。她的眼神不斷飄向他堆在門邊的行李箱，可是喬治從來不受我們控制，只是一臉出神。

「我買了禮物，」他頓了一下才說，意有所指地用眼角餘光瞄我。「不過，ＪＷ必須願意和我好好打招呼，我才要給妳們。」媽不理會他後面說的話，只是尖喊一聲，興奮拍闔雙手。對她來說，禮物等於預告著好消息，帶有特殊的意義。因為禮物要花錢，而金錢得來不易。

「嗨喬治，」我咬緊牙關，喬治冷笑一聲，但仍走到了行李箱旁，把它拖到沙發那裡。箱子敲到我的腳，我惡狠狠地瞪著他。

他一氣呵成拉開拉鍊，我看過去，見到他的衣服，一大疊髒兮兮的內衣和髒襪子，還有變色又臭得要命的白色棉內褲。噁爆了。

我正要轉過頭，卻瞥到角落有個亮亮的正方形包裝。不管到哪我都認得出來，也絕對不可能弄錯——那是保險套。在其他人還來不及看到時，我已一把抓起塞進口袋。媽不需要看到，現在不行，不能讓她這樣看到。

喬治買了陶瓷製的花朵送母親，他遞給她，而她把花舉到燈前，像少女一樣笑得花枝亂顫，從各個角度欣賞。說老實話，那是個超爛又超沒有誠意的禮物，不管從哪個方面看都算不上泰國特產。我在市中心的攤子就看過一模一樣的複製品。可是不管怎樣，母親仍滿臉笑容，快樂溢於言表。看到她這個樣子，我不禁心痛。我用力捏著保險套，任憑包裝尖尖的邊緣刺進甲床，讓刺痛把我拉回現實，提醒我還未竟的任務。

夜半三更，我在廚房醒來，冷冷的空氣猛力吹在臉上。冰箱門大大敞開，光線傾洩而出，我因此瞇起了眼睛，困惑不已，然後才意識到自己抓著一顆水煮蛋，嘴裡塞滿蛋黃。

我呸呸呸地吐了出來，點點黃色有如雨滴落在地上，近似硫磺的臭味十分刺鼻。我去水槽把嘴巴洗乾淨，才朝媽的房間走去。

喬治和母親睡得正沉。媽一動也不動，可是喬治每呼吸一口氣就伴隨乾咳。

我要看著生命慢慢從他身體消逝；他的臉將會變成藍色。

這個畫面為我帶來無上喜悅，甚至忍不住伸出手撫摸毯子。

指日可待。

47

幾個月前，喬治剛開始搬進來和我們一起住時，曾讓我們試戴過「傳說中的勞力士」。他跟我們說那是「最貴的款式」，而且是他父親五年前過世時傳給他的。那是他唯一一次提到他的父親。

那時我覺得那塊錶很美。珍珠母貝錶面上鑲嵌鑽石，整塊手錶就像一大件珠寶一樣閃閃發光；我這輩子從沒碰過這麼昂貴的東西。而當喬治讓智賢和我將手錶戴在相對細小的手腕上，便知道他接著要說什麼。

「要是弄丟，我一定會生不如死，」喬治一邊小心將錶從我手腕拿下來一邊說。他把手錶放回媽五斗櫃上的深綠色貼皮盒子，「這是我最有價值的財產。另外，要是這東西出了什麼事，我父親搞不好會日夜糾纏我。比起愛我，他更愛這個東西。」他的語氣彷彿在開玩笑，他卻並沒有笑。而我徹底將他看透。

喬治，比起愛你，你的父親更愛一塊手錶，

我一點也不訝異。因為你貪婪、自私，根本不值得被愛。

你裝出一副在乎父親的模樣，但是你並不在乎。

你只在乎他留給你什麼，又或者，

從這個例子來看，是他沒留給你什麼。你抱怨過多少次
沒有得到房子？繼承的遺產又多微薄？
你甚至連一張他的照片都沒有。

今晚，我與喬治父親的鬼魂心意相通，因為我知道
他一定會同意我這麼做：懲罰他兒子——
用他還在世時做不到的方式懲罰他。我想像他
飄浮在我肩上，在我捧著那塊沉甸甸的手錶時無聲觀察，
金屬錶帶在手中好冰冷。凌晨三點，我在公寓
外面，站在喬治的小貨車旁。

月光下，手錶美麗絕倫，我讚嘆著它的耀眼，以及在錶面移動的指針。一切都完美且精準。非得毀滅這麼美麗的東西真是太可惜了。但是為達目的，就必須不擇手段。

早上，喬治連聲再見都沒說就衝出門，手裡還緊抓著一條藍色絲質領帶。他忘了手錶，通常他和客戶開會時都會戴的。我靜靜等候，隱藏不了心中焦慮。智賢出門上學時打了我一下。「別這麼浮浮躁躁！」她用命令的語氣說。

「臭小鬼。」我回嘴。

她剛離開，喬治就像狂風一樣衝進了門，指間有血滴落。在他握拳的顫抖手中，正是手錶的殘骸。

「我的勞力士，」他發出哀嚎。「我的勞力士。」

媽從房間跑出來。「發生什麼事了？」

「我父親的勞力士——媽的它整個爛掉了。」他張開手，任憑那東西掉到地上，玻璃碎片灑了我們腳邊都是。喬治無力地在錶旁跪下，深深將頭埋進手中。當他抬起頭來，額上沾了一道血跡。

媽在他身旁蹲下，一手放在他背上，低聲在他耳邊說話，他卻狠狠躲了開來。

我很瞭解絕望是什麼感受。

父親離開那天，我就是這個感受。

我從他指間見到那張沾滿淚痕的面容；他拚了命想隱藏自己在哭的事實。

「我一定是在下車時弄掉的，」喬治哭得話都說不清楚，「我到底是怎麼回事？我到底是怎麼了？」他的指甲戳進臉上，到處留下半月痕跡。

淚水讓他的眼睛顏色更加鮮明，我只能拚命隱藏心中的興奮，卻止不住顫抖。

希望是一種可怕的東西。

希望就像母親在前門的數月等待，希望就像放滿精心烹飪的반찬——亦即小菜——的桌子；希望就像蜷縮在我懷中的妹妹，她的腦袋靠著我的肩膀，問我「妳覺得他會回來

嗎？」

但希望也像喬治，他匍匐在地，撿拾著微小得幾乎看不見的玻璃碎片。

接下來的幾個禮拜喬治極度消沉。他不洗澡，害我們的客廳臭得要命，所到之處都散發出一股腐敗臭氣。他也不吃飯，就連媽買菜做他最喜歡的食物——起司三明治、培根和通心麵——也不理不睬。

「我覺得像是又失去了他一次，」他悶悶不樂地說。喬治露出這麼脆弱的一面實在是難得一見，「他也不斷出現在我夢裡。昨晚我回到小時候的家，看見我爸的一張老照片。他剛過世，我正在哭。但接著照片就活了起來，他從裡面跑出來，嘴巴張得老大，氣得要命，臉上的皮都剝落了。他一把抓住我用力搖，然後——」喬治打了個顫，「然後我才發現那根本不是他的照片，是我的。」

眾人沉默下來。我們不習慣看他這樣，媽很顯然不知所措，清了清喉嚨離開桌旁。喬治注視了她很久才站起來回臥室去。

這就是為了讓父親回來必須付出的代價嗎？

48

春天快結束時，手錶事件幾個禮拜後，我在車流裡看見喬治的小貨車穿梭其中。他開得超快，比平常還要快很多。他急成這樣，引起了我的好奇心，於是想都沒想立刻跟上，用力踩下油門。

我們迂迴開過韓國城，穿越洛杉磯市中心。喬治整段時間都在講電話。我跟著他來到藝術特區一個美食廣場。他把車停在街邊後就進了一家外觀平淡無奇的小咖啡店，我則停在街上一個收費碼表旁，等著他出來。

幾分鐘後，他出來了，但不是一個人，有個女人和他在一起。她是個皮膚白皙的嬌小亞洲女子，留著一頭中分的深色長髮，身穿花樣圖案的無袖洋裝。兩人手牽著手、笑容滿面。我立刻知道了她的身分。

他們過街時，我壓低身體躲在座位上，抬頭時正好看見喬治伸手將她的一綹頭髮塞到耳後。

我拉下窗戶，偷聽他們講話。

「妳打給我我真的很高興。」喬治說。

「我想你了，房子裡沒有你在，好寂寞喔……人家知道你因為工作的關係常要出差，但是……你不覺得實在有點太多了嗎？」她說起話帶了一點點口音，嗓音就和她的長相一樣美麗。

他們走到喬治車旁，他為她打開車門，扶她上小貨車。他們開走時，我再次跟上。紅燈時，那兩人貼近接吻；今天早上他才用一模一樣的方式親吻媽，不過是幾小時前的事。他環著母親的腰，在她耳邊訴說空虛的甜言蜜語。

我跟著他們來到市中心一棟高聳入天的豪華公寓大廈。那是珍的公寓。喬治從一處漂流到另一處，不斷狩獵亞洲女性。他像蛇一樣鑽入她們的心裡與床上，占領她們的房屋，享用她們的食物。拿取、拿取、再拿取。

珍不過是喬治棋盤上的一枚小卒，就和媽一樣。

我已經缺了一堂課，即使趕得及回去上第二堂，心情也亂七八糟到什麼也做不了，只能回家去。我衝回公寓，坐下來拚命釐清思緒，但是一打開前門卻見到智賢穿著睡衣坐在電視前面的沙發，腿上一包打開的餅乾。我嚇得掉了下巴。

「妳在家裡做什麼？」我問。

「我——我不太舒服。」她結結巴巴。

「妳不舒服？」我一手貼上她額頭。「我覺得妳好得很啊。」

「我是胃不舒服。」

她根本就不像是不舒服。我瞇起眼睛打量她，突然領悟。「妳蹺課？」

「我沒有！」

「智賢，妳搞什麼鬼？妳明明知道受教育有多重要！爸不知道跟妳說了多少次——」

一提到爸她就爆哭出來。「我不想聽到爸！我受夠了！我再也不想聽到他的事情了！」

她擠過我身邊，跑進我們房間。我先等了一會兒才跟進去。她像鼴鼠一樣埋在床上的毯子裡，只露出一點點鼻尖。她在哭。

「智賢，到底是哪裡出了問題？」

「全部，」她說：「全部都出了問題。」

「不要小題大作，妳跟我說說。」

妹妹大聲擤著鼻涕。「根本沒人在乎我。沒人在乎我想要什麼、或是我有什麼想法，或——」

「我在乎，」我打斷她，「我很在乎，妳明明知道的。妳為什麼要這樣講？」

「我覺得已經不是那樣了。」

我們還小的時候，智賢和我會玩一個被我們取名為『神燈精靈』的遊戲。我們會輪流當精靈，讓彼此許下願望。當然，我們沒有達成願望的能力，但反正大部分願望都不可能實現。智賢會許願養小狗小貓，還有一次說想要任天堂Wii；我則許願擁有金山銀山和自己的房間。這讓我們能夠自由地大聲說出想要和渴望的事物，並抱持一絲希望，想著或許某處會有一個慈藹的神在聆聽；或許，未來的某一天這一切都能成真。

我握住智賢的手捏了捏，「精靈在此，」我說。而被子往下拉了一點點，智賢偷偷看著我，眼淚像是晨露，沾在睫毛上。「不管妳想要什麼，我都可以為妳實現。妳的願望是什麼呢？」

她沒有一絲遲疑。「我希望媽和喬治不要結婚。」她說。

「使命必達。」

49

打從喬治從泰國回來，就非常積極地準備要給某位「重要客戶」的報告，結果就是他幾乎不在我們身邊，也不在我們公寓。晚餐桌上他的位置多半是空的，他家公寓「神奇地修好了」，他也總是「加班到深夜」。

「我得在我家公寓待幾天，」他會這麼對母親說：「就這陣子，我實在太忙了，那可是我最大的客戶。要是待在這裡，JW和JH時不時會到處亂晃，實在很難專心。」

你他媽的噁心鬼，我全都看到了。

你在約會軟體的個人簡介；你存的那些照片。

我狠狠地瞪著他的雙眼，想像他的腦袋在水泥牆上撞裂，血在底下匯聚成池。

母親已全心投入婚禮規劃，喬治的熱情和愛意卻急速降溫，她似乎因此憂慮不已。她每幾分鐘就會檢查手機，不斷偷偷摸摸注視著門。

只要喬治晚上不在，媽就會開始摺花。有時她會叫智賢和我幫忙。我們三人會在沉默中將鐵絲和紙巾扭結成花瓣形狀，直到手指流血。我發現自己不禁思忖婚禮不曉得辦不辦得成，抑或這件事從頭到尾只是一個殘酷的玩笑。

報告前晚，喬治留在我們公寓，說他需要吃頓媽做的飯，以求好運。母親整個下午都站在爐子前面煮雪濃湯，那是一種奶白色的濃郁牛骨湯；還有醬牛肉，就是以醬油燉煮的牛肉；蘿蔔泡菜，是用切成小正方塊的蘿蔔做成的。此外還有一整條炸鯖魚，魚更預先拿出眼睛。「給喬治的。」媽這麼說，直接放在盤裡拿給他。

食物美味至極，但我們幾乎沒吃到多少，因為喬治幾乎是邊笑邊把全家的晚餐塞進嘴裡。肉屑從他脣間噴出，飛到了桌子上。而我注視著他以牙齒碾碎魚眼。

他的舉止與平常無異，好像沒有任何不對勁。等到所有人回房休息，我鬼鬼祟祟地跑到客廳；喬治把筆電、塞滿報告要用的筆記和列印資料的牛皮紙袋都放在那裡。

我進入他的筆電，先將他的投影片看過後才刪掉，接著用同個名稱建了一個新資料夾。我一邊處理，時鐘一邊滴答作響。結束後，我將注意力轉往信封。我攤開那些紙張，它們在黑暗中看起來一片模糊。這裡的每一張都要換掉。我安靜地進行，動作熟練且堅定。做完之後，我把所有東西塞回去，好整以暇地扣回鐵夾。

50

早上，喬治出門時還捏著一片油膩膩的培根。「我今天就要把這單拿下，」他回頭大喊一聲，「等我成功，我們就來慶祝！」

我抱著早點回家的打算去上第一堂課，匆忙經過傑佛瑞身旁，他正站在門旁邊等我，而我只是快速而勉強地從嘴角擠出微弱的「嗨」一聲。我故意把位置選在其他兩個學生中間，並從眼角餘光看見他一臉失意地走向後排空無一人的座位。下課時，我東西一拿便快步出去，傑佛瑞緊跟在我身後。他把我攔住——「智媛，」他說，但我搖了搖頭。

「抱歉，我有急事，要趕一個約。」

好戲上演的時候我一定要在場。

當我回到公寓、解開鞋帶，喬治的怒吼穿透門板。他的鼻孔撐得很開，脖子上冒出條條紅色。他一句話都沒跟我說，只是把用來裝紙花和婚禮裝飾、整疊搖搖欲墜的盒子掃到地上。

「喂！」我大喊，「你到底是在幹什麼？媽花了很多時間做這個。」

「我、不、在、乎！」他大手一揮，打飛了媽的結婚禮服。我俯身撿起，但他把我推到地上，居高臨下地俯視我，手中緊抓著變得皺巴巴的信封。他把那個東西拿到我面前。

「這誰幹的？是妳嗎？妳他媽的賤貨！」他的口水噴得我滿臉，我用袖子擦掉。

「我不知道你在說什麼，」我的心臟在胸中失序亂跳，只能努力維持面無表情。

「最好是！妳他媽的最好是！」

「你為什麼要這樣大吼大叫？簡直是發瘋耶。公司出什麼事了嗎？」他撕開信封。

「看好——」他一頁又一頁抽出文件，扔得滿天亂飛，紙張像雪花一樣飄落。當它們落下，我瞥到了圖片——喬治努力製作的複雜圖表和表格被換成年輕亞洲女子的色情照，那些女人全身赤裸、姿態猥褻。他越翻照片就越是活色生香。

「搞屁啊，你也太噁心了。」我俯身撿了一張起來，上面有個約莫和智賢同年的女生，頭髮往後綁成馬尾，而且只穿黑色內衣褲，叼著一根棒棒糖。

「這不是我做的！」

「我真心不懂，到底誰會幹出這種下流的事？」

「妳來告訴我啊。是妳媽嗎？去他的，告訴我真相！」

「啊？媽為什麼要做這種事？根本狗屁不通，她愛死你了，你很清楚她絕對不會做出任何傷害你的事。」

「那就是那個小賤人ＪＨ，妳妹妹。是她幹的嗎？」

「智賢絕對不可能這麼做。她是可能會發脾氣，但是她知道分寸。此外，她的動機又是什麼？」

「因為她恨不得把我趕走！」喬治咆哮著說：「她恨死我了！」

「哇靠，」我舉起雙手，「你先等等，這樣做要怎麼把你趕走？老實說，要是你失業，不就會在這裡待得更久嗎？而且她也不是恨你，只是不喜歡你。」

他聽了這個答案，並不滿意，於是抓起那疊東西扔向牆壁。紙張炸開似的一張張落在我們身旁，化為一場色情圖片的龍捲風。他渾身僵硬站在房間中央，用力繃著下巴。

「你想一想，我們有什麼理由要亂搞你的東西？這根本就不合理啊。只有這個東西這樣嗎？還是你的報告也出了問題？」

「我的報告也出了問題。」喬治說。

「我們怎麼有辦法進你的電腦？不是有密碼保護嗎？只有你公司裡的人才可能進得去，對吧？」

我注視著他那顆沒用小腦袋裡的齒輪轆轆轉動，「我老闆……」他慢慢地說：「那該死的混帳老早就想把我趕走，」怒火逐漸變成了猜疑，他搖晃不穩地站在那裡，我則在心中暗笑。

「一定是他，不然其他人是不可能做到的，是吧？」

「沒有其他人，」他一屁股在桌邊坐下。說時遲那時快，喬治的手機響了起來，他像炸彈似的把手機拿得遠遠，「是我老闆，」他顫抖著說：「我該說什麼？我該怎麼辦？我沒有任何證據——」

「不行！你不能指控他，現在還不可以，先聽聽他要說什麼。」

他接了起來。我看著他的表情迅速從憤怒變為悲傷、再到絕望。喬治的老闆吼得超級大聲，他說出的每一個兇狠字眼我都聽見了。等喬治掛掉，只是用無神的雙眼望著手機。「我被開除了。」

他和我四目相交，那雙茫然的眼睛黯淡無光。我屏住呼吸。房間太暖，我們也靠得太近，那些紙張在身旁散得到處都是，誘惑越來越強烈，但我逼自己看著那一團混亂。

「我們應該清理一下，」我俯身開始把紙一張一張撿起來，讓腦中的混沌清明一點。照片好多，可能超過了一百張。我們花了好一陣子才把它們全找出來，尤其有些還飄到了沙發底下。喬治一言不發將紙全扔進垃圾桶，我則把其他垃圾堆在上面，智賢和媽就不會看到。之後，他坐在沙發上微張著嘴，露出空茫的表情。

爸離開前的表情就是那樣。

51

「會開得怎麼樣？」媽問。

喬治本來已經要把筷子伸進嘴裡，最後還是放了下來。而我花了一點時間才發現他用的筷子就是傑佛瑞送我的那雙。我完全不知道喬治是什麼時候發現的。「我被開除了。」他講得很簡短，也沒給其他解釋。

媽睜大眼睛，先看向我再看智賢，彷彿警告我們最好閉嘴。「開除？」

「對，開除，」喬治氣不打一處來，「我被開除了，妳聽不懂英文嗎？」

智賢倒抽一口氣，我則捏緊拳頭。只有媽沒意識到喬治的刻意嘲諷。她安慰地把手放在他手臂上。「發生什麼事了？」

「我不想談。」

儘管她連哄帶騙地嘗試讓他說出口，喬治嘴巴還是閉得緊緊的。媽嘆了口氣。「也沒關係，」她說：「你就要成為我丈夫了。我會先養家，直到你重新站起來。不會有事的。」她輕輕撫摸著他，動作溫柔至極。

這本來應該是表現支持的動作，但她使他在我們面前沒了男子氣概。喬治一語不發地直接站起來跑進房間。我們聽見他翻東西的聲音，過了一會兒，他拿了幾個袋子出來。

「我要回公寓一陣子，」他說：「我得稍微思考一下。」

母親看著門碰一聲甩上，至少整整一小時沒有移開目光。晚上剩下的時間，我只是注視她持續望著那個方向，最後才安靜回到房間；孤獨一人，一蹶不振。

我沒多久就在約會軟體上找到喬治的檔案。幾個月前，我偷了在艾莉希斯學習小組認識的一個女生的臉書照——無庸置疑，她是亞洲人——然後用她的照片建了一個帳號。我往右滑（這表示我對他有好感），螢幕上立刻跳出一顆愛心，我們配對成功了。

嗨，我打出訊息，本來以為得等一下，但他幾乎是立刻回覆，彷彿等我很久了。

嗨美女，妳是哪裡的？韓國嗎？

不是，是中國。

我住過中國。妳會說中文嗎？

不太會。

接下來幾個小時，我輕輕鬆鬆建立起喬治對我的信任。我幫「琳賽」捏造出一整個人生經歷。她拚命工作的貧困移民父母十分嚴苛，他們一起住在破破爛爛的公寓，她成天只能念書，關在自己的房間裡。他們要她當上醫生，可是她只想成為藝術家；她是個乖女兒，心甘情願為他們放棄自己的夢想。

喬治就像飢渴喝著牛奶的小貓，對我照單全收。

妳會不會想偶爾出來見個面？他問。

想啊，我可以先看看你的照片嗎？

他傳了一張大概十五年前拍的舊照片。儘管那張臉更瘦，頭髮也更濃密，可是我絕對不會認錯那雙眼睛。他穿著高級西裝，熟悉的藍色絲質領帶繫在頸上。

覺得怎麼樣？喬治問。我想像他躲在有珍在的公寓浴室裡頭。

你長得很帥，我回覆。光是打出這幾個字我就快要吐了。

喬治似乎興奮了起來。**如果妳想，約會後我可以帶妳去逛街。妳喜歡買衣服嗎？鞋子如何？**

我都喜歡，我回覆，**我現在不在市內，你願意幾個禮拜後再見面嗎？下下星期四怎麼**

樣？

那就太好了。他回覆。

52

距離我成為大學生的第一年結束還有一個月，婚禮也是。時光飛逝，喬治如同突然出現在我們生活中那樣，突然之間消失得無影無蹤。他偶爾會毫無預警出現，母親每次都會拚命黏著他，因為她知道他正在從她手中溜走，儘管努力想要抓牢，卻仍使不上力；她越是拚命糾纏，他就越是拚命掙脫。

每晚媽都坐在門旁，腳邊堆著紙巾、鐵絲和電器膠帶。她折了又折、折了再折，彷彿紙花能夠將喬治挽回。她不崩潰、不發抖，更不哭泣。她的面色蒼白灰敗，她彎折、扭轉、捲起每根鐵絲，直到雙手傷痕累累，再也沒辦法動。她的手變成一雙鳥爪，智賢和我不得不替她熱敷按摩。

深夜時分，我聽見她；她正細著聲音說話，才不至於吵醒智賢和我。

「婚禮就快到了，」她說：「我為你、為我們做了什麼你難道都看不見嗎？你都不在乎嗎？」

一陣停頓。

我不禁尋思喬治說了什麼。

「你是想要取消婚禮嗎？如果是就不要這麼孬！直接實話告訴我，別在我女兒面前羞辱我。」

我等著聽剩下的對話，但喬治顯然掛斷了。我聽到嗚咽聲，彷彿一瞬回到快一年前父親跟她說要走的時候。

弔詭之處在於歷史總會重演。我醒著，母親在哭泣。而她再一次對一切無能為力。

53

艾莉希斯邀我週末去她公寓吃晚餐，我們一面享受微波加熱的恐龍雞塊加卡夫牌起司通心麵，一面坐在沙發上看實境節目《戀愛島》（*Love Island*）。這是艾莉希斯的最愛，但我好像怎麼也無法專注在螢幕上，滿腦子想著母親、喬治和婚禮。我拚命壓抑想偷看喬治交友軟體頁面的衝動──我今天已經看了快一百次吧。他沒傳任何新訊息來，我也知道一直看根本毫無意義，可是那股衝動怎麼也不肯平息。

「妳還好吧？」艾莉希斯問，我才發現電視已經關了一會兒靜音，我剛剛只是愣愣地望著無聲的螢幕。

「啊？喔，我很好啊。」

「妳最近不太理人，我很擔心妳。」

「我很好，妳什麼也不用擔心。」

她仔細打量我，在那雙銳利目光底下，我完全無所遁形。「智媛，我是妳的朋友，」她說：「如果妳有什麼需要，可以跟我說，我不會用有色眼光看妳，永遠都不會。」她伸手過來要碰我──

我不知道是否因為我對她的感情突然潰堤，但我突然感到一陣劇烈頭痛。「廁所，」

我痛苦喘氣，踉踉蹌蹌走出房間，然後背貼廁所門坐了下來。疼痛在我頭顱之中陣陣搏動。光線太亮，她檯子上的蠟燭香氣太過刺鼻。我的胃翻滾起來。

艾莉希斯敲了敲門。「智媛？妳還好嗎？」

我把門打開一個小縫。「不太好，可能是偏頭痛發作。我該走了。」

「妳確定嗎？要不要留下來等好一點再走？我不介意的……」

「不用，謝謝，我得走了。」我摸了摸正在劇痛的太陽穴。

「好，那我陪妳下去。」

「不用！」我不是故意要那麼兇，但是傷害已經造成。艾莉希斯退後一步，滿臉困惑，我則飛快地衝了出去。

🍴

外頭吹來一陣暖風，預示夏天即將來臨。今天是週六夜，街上熙來攘往的學生紛紛朝附近的酒吧和餐廳前進。這些喧囂在在加劇我的頭痛。我坐進車裡，在座位上往後一靠，等待疼痛消停。

等我終於不痛，時間早就過了午夜。我發動車子，開往下一個街區。那裡的歡呼和歌唱聲十分清晰，來自一間夜生活極為出名的酒吧。有一次艾莉希斯告訴我，她拿姊姊的舊身分證偷溜進去點了一杯ＡＭＦ——他們的招牌酒，顏色是超鮮豔的人工藍色，配方有伏特加、琴酒、蘭姆酒、龍舌蘭和藍柑橘酒——結果她吐了好幾個小時。

我繞過轉角、守株待兔。前方那群閒晃的人聊得忘我，但是我對他們毫無興趣。最後，終於有個男的搖搖晃晃地走出來。他的帽子壓得很低，即便我看不清楚他大半的五官，仍能看見他的臉頰呈現粉紅色。當我拉下窗戶喊他，他抬起頭，迷惘且困惑；他的眼睛是深藍色的。

「要搭便車嗎？」我問。

他跌跌撞撞走到街上，醉得連副駕駛座的門把都找不到。那人努力了好一會兒，最後還是我解開自己的安全帶、探過身從裡面幫他開門。他沒有一絲猶豫直接跳上車。

能這麼有安全感，完全不用擔心自己半夜獨自一人，或不小心上錯車，感覺一定很棒。

「Uber？」他口齒不清地問。

「對。」

「我都不知道亞洲妹也可以開Uber，」他咕噥說道，然後一邊噴口水一邊講了一些聽都聽不懂的胡話。我沒回答，而他只是往後一靠，立刻墜入夢鄉。那人嘴巴微張，帽子掉了下來，我撿起來放回他頭上。因為一頭金髮外加粉紅色臉頰，讓他產生一種天使的感覺，而且這個人看起來莫名眼熟。一直到我駛離人行道才頓悟：是反戴帽子男，咖啡店的那個。

我加速開上高速公路，胃在同時發出巨響。我很餓——嚴格說是餓到快發瘋。距離我的上一餐已經過了好久，而因為發現了他是誰，這也將成為非常特別的一餐，我簡直要等不及了。

我興奮不已，直到為時已晚才看見藏在陰影中的那輛黑白車。我猛力踩下煞車，發出一陣刺耳聲響停了下來，紅藍警燈開始在我車後閃爍，警鈴十分淒厲。我透過後照鏡看，心猛地一沉。

「一個字都不要說。」我對帽子男壓低聲音說話，儘管他仍睡得不醒人事。

警察靠近我打開的車窗，用手電筒照我的臉。我眼前一片白花花。

「小姐，妳知道我為什麼要攔下妳嗎？」警察問。他的嗓音低沉，留著一撇小鬍子，眼睛他媽的超級湛藍，害我完全無法專心，我——

「小姐？妳有在聽我說話嗎？」

「抱歉，我有在聽，我……警官，如果是我開得太快，真的很抱歉。我剛去接我男友，他喝醉了，所以打電話叫我來載他。我只是想趕快回家而已。」我怯怯地指著帽子男。

警察拿手電筒照向副駕座。

不要醒。

「妳今晚有和男友一起出門嗎？」

「沒有，警官。」

「妳有喝酒嗎？」

「沒有。」

「一滴都沒有？」

「沒有。」

「妳身上有帶駕照和行照嗎？」

「有。」我全遞給他，他先大略看了一下我的駕照才點頭。

「快回家，」他說，「今晚就當作一次警告，我放妳走。和同齡人比起來妳算是很有責任感了。跟妳男友說下次別喝這麼多。」

說完後，他就回到車上揚長而去。

因為成功逃脫，我亢奮到不行。如果我有長點腦，就該回頭把帽子男丟在校園，別再挑戰我的運氣。但是我想繼續。

我下交流道、轉個方向，開進一塊開發了好幾年的空地。

還小的時候，爸總是喋喋不休地抱怨那塊空地。當時那裡雜草叢生、無人照料，草長得到處都是。「那裡簡直太完美了。」父親曾說：「如果他們沒有計畫要在那裡做什麼，就該讓給有計畫的人！」

「像是你？」智賢問。

「對，像是我。」

「那你計畫要做什麼？」我問。

爸翻了個白眼。「妳是真的不知道嗎？」我其實知道，可是我想聽他親口說。「我要建一棟有三個房間的大房子。一個給妳，一個給智賢，一個媽媽爸爸睡。我們會有一座很大的後院，說不定還可以養隻狗，如果妳們答應好好照顧的話。」

媽微笑著說：「可不可以四個房間？我想多一間給客人住。」

「妳想要十個房間我就建十個房間；妳想要什麼都可以。」

每次我們經過那塊空地，這個夢都會朝著越來越稀奇古怪的方向發展。這間房子裡要內建電影院、保齡球館和電玩場；這間房子要有二十個房間；這間房子要有十層樓，層層都有游泳池。

然後某一天，那裡豎起一塊牌子：空地賣出去了。我們看著雜草被修剪乾淨，我們以外的人開始建起一棟完全不符合我們期待的房子。那棟房屋不斷長大又長大，直到某天工程戛然而止。從那一刻起，那裡只剩一片寂靜，徒留一副空洞骨架，木板與防水布承受風吹雨打。

我把車停在街上，熄掉引擎。這裡四下無聲，街燈也壞了，還亮的那些則距離太遠，光照不到我們。

「醒醒。」我一邊低吼一邊搖晃帽子男。

他睜開惺忪的雙眼，虹膜的藍恍若某種催化劑；我搖得更用力了。「醒醒！我們到了！」

他從車上滾下去，帽子飛走，我扶他站起來，被他的重量壓得喘不過氣。野草再次占領了那塊空地，芥草科植物將我們團團包圍，我赤裸的雙臂被搔得發癢。我努力把它們揮開，撥開細長而纖弱的草莖。我們經過**請勿擅自進入**的告示，它已整個生鏽，塊塊棕色蝕進鐵裡。

我聞到一股強烈的氣味，辛辣且刺鼻，不禁皺起鼻子：帽子男尿了自己一身。他發出呼嚕，彷彿對自己的行為十分滿意，我把他往草叢一推，他仰天倒下，被那些花掩住了身影。我身子壓低，拿刀靠近，用讚嘆的眼神注視他露出來的頸子。

這個部分是最困難的：我必須殺了他。我把刀刃平齊於頸動脈的位置，屏住氣息，一鼓作氣刺了進去。

54

帽子男並未如預期那樣靜靜死去，反而大聲尖叫起來。他猛地睜開眼睛，血噴得到處都是，濺到我的衣服、頭髮和臉上。我伸手摀住他的嘴，他卻一口狠狠咬下，咬破了我的皮。我怒吼著跳起來，拚命想甩開仍死咬著我手的那副牙。

「別叫！別叫！」我用氣音說。

他不斷尖叫，聲音迴響到街上，我的視線逐漸模糊。我一次、一次、又一次地把刀刺進他頸子，又劃又戳又砍，直到再也聽不見任何尖叫，徒留一股籠罩一切的詭異死寂，就連蟋蟀都不敢吱一聲。

那具軀體癱軟在地，我氣力放盡，俯身細看——然後大驚失色地往後一彈。

那不是帽子男，是喬治。我眨了眨眼，有點頭暈，心臟在胸中跳得震天價響，呼吸紊亂無序。我東倒西歪地往前靠，抓住他沾滿血的下巴，把他的臉對著月光抬起來。

不對，不是喬治，是傑佛瑞。但怎麼會？我垂下雙手，搖搖晃晃往後退卻不慎跌倒，一屁股坐在泥地上。

我朝他爬去，直到此時幻覺才終於消失。他是咖啡店的男生，這次我可以確定。

我的手臂好痛，膝蓋也在發抖，身上每個部分都痛得要命，但我擠出剩餘力氣扯出他的眼球，從眼窩裡面拉出來。眼球輕輕鬆鬆就脫離了視神經。我顫抖著把第一顆塞進嘴裡。咬下去時，眼球發出清脆聲響爆開來，血在我口中噴發，流淌到下巴。我不禁呻吟。

第二顆眼球滾到了泥土上，虹膜色彩變得不那麼飽和，染成醜陋的灰色。我撿起來打算吞下，但還來不及嘗到這分滿足，遠處就傳來好大一陣引擎聲。

我拚命擠出剩下的力氣匍匐到車旁，腦中好像有著什麼東西在猛力狂敲，但我逼自己快點動、快點走。

等我回到車裡，現場被搞得簡直是一團亂：我剛剛爬過的路上橫陳一條棕紅夾雜的痕跡，清楚指向帽子男四仰八岔躺在那裡的屍體。

我把眼球丟進杯架，它落進硬幣和髮夾之中，發出輕輕一聲咚。我腦中的疼痛加劇，直到再也感覺不到其他知覺。我發動車子離開，完全沒有頭緒該去哪裡。

我在路上開了一哩，最後不得不停在路旁，眼前一切都變成灼熱炫目的白，我再也無法忽視那股飢餓。

那顆眼睛。我需要它。

我盡量拿衣服把眼球清乾淨，然後整顆塞進嘴裡。

好吃，真好吃。

眼淚滾下臉龐。我伸舌舔著眼球，突破它厚厚的外殼，眼球破裂爆開，令我想到在母親齒間發出清脆聲響的酥脆炸魚皮。

吃完後，我頭靠著窗戶哭了起來。

55

我停在公寓附近的加油站稍做清理。我腦中沒有任何念頭，只是機械式地進行動作，注視著自己的倒影。我皮膚上每一個縫隙都彷彿凝結了乾掉的血和泥。我待在水槽上方，洗滌身上能洗到的所有每一個部位。

我來回車上數次，用紙巾清掉座位上的血，然後丟進馬桶沖掉。血跡十分頑強，我用力地刷，刷到痕跡全都消失。這樣很累，但我得到了平靜（或是與平靜類似的感受）。我改變不了自己做過什麼，但至少至少，可以消除這件事留下的痕跡。

我在地上找到一根長長的毛髮，它蜷縮著躲在那裡。它是金黃色的，肉眼幾乎看不見。我撿起來吹出車窗外，它飄飛而去，乘風消失。我看著它遠離，想起智賢曾會幫我拿掉臉頰上的睫毛。

「許個願吧，」她會這麼說：「許個大一點的。」

雖然那不是睫毛，我仍閉眼許願。

我要離開的時候，加油站的員工走出來敲我車門。「不好意思，」他不爽地說：「妳在幹什麼？」

「沒幹什麼。我要走了。」

「你們這些人晚上隨便什麼時候想來就來，然後去廁所幹一堆奇奇怪怪的事，這樣是不對的！」他搖搖頭，「除非妳有要消費，不然別再回來了。」

我趕快在他來不及繼續罵我前落荒而逃。我從後照鏡看到他站在那裡交叉雙臂，確保我真的乖乖離開。

時間很晚，我也該回家了，然而血液中卻有不安的精力在持續奔流。我想見艾莉希斯，想跟她說話，對我先前的舉止道歉。我繞路回家，開過撿屍那位已經掛掉而且沒了眼睛的朋友的酒吧。艾莉希斯的公寓在前方隱約可見，我有一瞬間猶豫，努力打量她位於五樓的窗戶是否亮燈。

沒亮；她睡了。

我停在街上下了車，不知如何是好。我想打給艾莉希斯，又不希望把她吵醒、害她不開心。我在人行道上徘徊了好一陣子才再次打開車門、坐回車上。我正要插車鑰匙時突然想到，能理解這件事的恐怕只有她一個人。

我拿手機撥了她的號碼。鈴聲響起，一次、兩次，然後我聽見另一邊傳來像是雜音的聲響。「智媛？」她的聲音中滿滿的睡意；我想像她穿著睡衣躺在床上的模樣。「妳還好吧？」

「不好，」我怎麼也壓抑不了自己的哭腔。「我不好。」

一陣沙沙聲，她突然聽起來更清醒了。「發生什麼事了嗎？妳需要幫忙嗎？」

「不是，我……我在妳公寓前面。」

「現在嗎？」

「嗯，」她房間的燈亮起時，我正注視著她的窗戶。她探出頭來揮了揮手，我也揮回去。

「我下去，妳等我一下。」

她花了好幾分鐘才走到地面層，那時我已經自責到開始冒汗了。

艾莉希斯在睡衣外面披了一件夾克，但能稍微看到底下的花紋，是槲寄生。這情境荒誕到我忍不住笑了出來，她則困惑地看著我。「怎麼了？」

「妳為什麼穿聖誕睡衣？現在都六月了。」

「妳難道是為了問我為什麼穿聖誕睡衣才在大半夜叫我起來嗎？」她交叉雙臂，「我真的要殺了妳唷。」她的語氣中夾雜笑意。

「好啊，我不會阻止妳的。」我歪頭奉上頸子給她，她戳了我咽喉一下，長長的指甲刮過我皮膚，我忍不住抖了抖。我挺起身，望著她的雙眼。「如果我做了壞事，妳還會喜歡我嗎？」

她突然嚴肅起來。「妳在說什麼？妳做了什麼？」

「沒什麼，」我快速回答，「我是在假設。如果我做了什麼壞事，妳還願意當我朋友嗎？」

「這……我想說會，可是我覺得也要看妳到底做了什麼壞事。如果妳殺了人，那就……取決於他們是不是活該吧。」她笑開來，似乎沒注意到我眼中湧上的淚水。我眨掉眼淚。「智媛，妳沒事吧？妳讓我有點擔心。」

「我沒事，只是最近發生的一切有點超出我的負荷，只是這樣而已。」而她露出理解神情看了我一眼，然後緊緊抱住我。她好暖和。我低聲對著她耳邊說：「回去睡吧，我明天打給妳。」

56

「妳們有聽到喬治的消息嗎？」媽一邊盯著時鐘一邊問。這問題實在有點好笑，如果連她都不知道，智賢或我怎麼可能聽到什麼風聲。

「我沒有。」我看也沒看她。

「我也沒有。」

母親嘆著氣。「他說他會趕回家吃晚餐的。」

「他可能在忙著找工作吧。」智賢說。媽的眼中湧上淚水。

「我不曉得，」她的語氣毫無起伏。「可是他完全不接電話。妳們覺得他不會有什麼事吧？要不要打給警察？」

「不要不要，」我說：「我覺得他一定是被什麼事情綁住了。」

我們坐在一片死寂之中，桌上的晚餐迅速變冷，智賢的肚子咕嚕咕嚕叫。

今晚媽做了韓式烤肉，這是喬治最喜歡的韓國菜之一。醃製的牛肉上點綴芝麻，再加入切碎的洋蔥、蒜頭和青椒，看起來非常美味。可是每次只要智賢想偷偷進攻，媽就會把她的手拍掉。

「我們要等到喬治回家。」她說。

我們等了又等，大醬湯和米飯蒸騰的熱氣逐漸消失，融入空氣之中。在食物變冷的過程裡，我感到自己越來越憤怒。在經歷漫長、痛苦又不能出聲的三十分鐘後，氣得要命又餓得要死的智賢說：「拜託——我們不能就開動嗎？」

媽站起來把椅子往後一推，椅子因此撞到牆壁。「我不餓，今晚我早點去睡好了。」

我還來不及阻止自己就脫口而出。「妳幹嘛？」

媽慢慢轉過身，非常悲傷，眼淚在臉頰留下兩行晶亮的痕跡。「怎樣？」她低聲說道。

我顫抖著站起來與她面對著面，「妳沒聽到嗎？妳為什麼要為一個根本不在乎妳的男人搞成這樣？」

智賢驚駭地睜大眼睛。「姊……」她壓低了音量。

我揮了揮手，示意妹妹不要說話。「這真是有夠可悲，我實在難以理解。妳拖著智賢和我一起蹚這潭渾水，逼得我們在後面努力幫忙收爛攤子。妳甚至不在乎這些行為會影響到我，妳只想到妳自己。」

媽嘴脣顫抖，一個轉身衝進自己房間，碰的把門關上。

🍴

在房裡，智賢把枕頭抱在胸前。「我真不敢相信妳說了那種話。」

「為什麼？妳不這麼認為嗎？」我回嘴，「妳現在難道和喬治變成好閨密了？」

智瑟縮一下。「沒有，我——」

話。

「那是怎樣？」

智賢拚了命想憋住眼淚，可是我不在乎。我想用力搖晃她和母親，直到她們弄清楚我是多麼憤怒。我痛恨智賢這樣默默坐在床邊噘著嘴；她好像正咕噥著什麼我聽不清楚的話。

「想說什麼就說！」

「我打掃的時候……在沙發下面找到一張……照片……」

我停了下來，暫時緩下憤怒。「照片？」

智賢對我稍稍點了個頭；她現在很害怕我，我不禁後悔自己吼了她。「給我看看。」

我刻意把語調放柔。

她進去更衣間，然後發著抖拿了一張紙再次出現。因為被摺過，照片皺巴巴的，但我立刻認了出來：那是喬治報告用的其中一張圖片。我們一定是在摧毀證據時漏掉了。這張照片上有個穿短裙的亞洲女人，她腿上是薄透的白襪，整條腿上有一隻隻粉紅色的緞面蝴蝶結。她上半身什麼也沒穿，乳頭就這麼暴露在外。

「搞什麼鬼？這也太噁了。」

智賢看起來很不自在。她收起照片，整整齊齊折成正方，先塞到更衣間深處後才低聲咕噥。「我想這應該是喬治的。我們不在時他大概都在沙發上看A片。」

「這當然是他的，不然還可能是誰的？」

智賢顫動的下巴與嘴唇看起來與母親如出一轍，她大剌剌地哭了起來，每吸一口氣就打一個嗝。「以後到底會怎樣？我真的好怕。」

「別，」我現在鎮定了下來。「只要相信我就好。」

然而，這只是讓我更加堅信自己所做的一切——還有之後要做的一切。這全是為了她們好。

如果我不保護她們，還能倚靠誰？

57

「智媛，我們可以談談嗎？拜託？」

是傑佛瑞。才剛下課，他已急忙跑到我的座位。

我雖驚訝，但沒有顯露任何蛛絲馬跡。打從他上次試圖找我講話後（就是我毀掉喬治勞力士的那天），他就一直和我保持距離。我站起來朝出口走去。「當然可以。什麼事？」

他的目光越過我的肩膀，望向正要離開講堂的大批學生。「我們可以去一個……比較隱密的地方嗎？」

「好吧。」

我遲疑了一下，「拜託，」他懇求道，「我只需要花妳一分鐘。」

我們在沉默中走到校園最邊邊，轉了個彎來到一條僻靜街道。「你要帶我去哪裡？」

「等下妳就知道了。」他微笑著說。我沒回應。

他停在一間公寓建築前方，指著一道階梯。車輛從我們身旁經過，但是除此之外周遭沒有任何人煙。傑佛瑞一屁股坐上去，拍了拍旁邊的水泥臺階。「坐吧。」

「不必，謝了。這是誰家的公寓？你家的嗎？」

「不是，我不住這裡，我住在往那個方向三十分鐘路程——」他伸出手指，我跟著他指的方向，因陽光而眨起眼來。「谷地那邊。」

「我們為什麼要隨便找間公寓坐在前面？」

「妳就坐下吧，智媛，相信我。妳到底是在怕什麼？」

「好吧，」我在他身旁坐下。這裡空間很小，我們的膝蓋都撞在了一塊兒。我努力想讓腿離他遠點，但他一直靠過來。

「我真的很高興能有機會和妳講話，」他的眼神四處亂飄，就是不看我的臉，讓我對於他要說的話隱隱覺得不妙。「我一直在想該怎麼跟妳說，但是這真的很難。這幾個月來，我開始對妳有了感覺，」他深呼吸一口氣，「事實就是：我真的很喜歡妳，智媛，而且不只是朋友的那種，」他摩娑著我的手，但我抽回來，站了起身。

「很抱歉，」我說：「但我對你沒有那種感覺，要是我讓你誤會我也有感覺，那很抱歉。」

「拜託，」他跳了起來，「妳甚至沒讓我把話說完。」

「我不想讓你誤會。」

「但妳根本還不認識我。我超級努力想要認識妳、讓妳知道我是怎樣的人，可是妳完全不給我機會。相信我，智媛，如果妳打開心門，一定會喜歡上我的。我發誓——是因為我是白人嗎？」

「不是！根本不是那樣——」

「我是個好人好嗎？我和妳認識的那些傢伙都不一樣——像是妳媽的男友。如果妳是擔心這個——我沒有黃種人狂熱。妳也知道我讀了多少書，幾乎所有和種族與性別相關的主題我都做過研究。戀物癖是一種壓迫的形式，可是我不是壓迫者，我是妳的盟友！我對妳的感覺——不對，我對妳的愛完全是超越種族的；我愛的是妳的內在。」他想伸手碰我，指尖刷過我的皮膚，我一把將他推開。「我不能一直假裝自己沒有動心，我不能明明待在教室、知道妳就在附近，卻無動於衷。我們注定要在一起。」

我在臺階上踉蹌著往下退，結果不慎跌倒，雙手狠狠撐在地上。我腦中出現一陣銳利的疼痛，只是一個勁兒想著我必須離開。我慌慌張張地爬起來，上氣不接下氣。「不行，傑佛瑞，我不喜歡你。拜託，我現在真的不行。」

我朝著校園狂奔而去，每跑一步太陽穴就跟著搏動。傑佛瑞在後方追趕，逼得我加快速度，心臟簡直要炸開。當我跑到方院，一個煞車轉過了身。

傑佛瑞不見了。我彎下腰，胸口大大起伏，肺臟正在尖叫，渴望氧氣。我伸手要拿水瓶，但原先有背包的位置卻空無一物。我閉上眼睛。

我站在草坪邊上發抖。

我把背包放哪兒去了？留在傑佛瑞那邊嗎？我轉過身，開始走回去，試圖回想那道階梯在哪裡。因為急著逃跑，我完全沒注意十字路口。

我只是一個勁兒想著能用什麼話安撫傑佛瑞。也許我可以稱頌我們的友誼有多重要，又也許，我可以說服他我其實是個爛人。

我會故意傷害人。十二歲的時候，我偷了親戚的掌上遊戲機；我欺騙朋友、試圖操控她們。

實在太荒謬了。學校周遭的公寓長得也未免太像了，全是漆上相似鏽紅色的磚造建築，每個街區聳立著同樣的藍花楹樹，紫花像地毯一樣鋪滿柏油路。我發誓已經非常努力要找出熟悉的街道和車子，卻只是更讓它們混在一起，難分難捨地模糊成一團。

就在我快放棄時，認出了前方交叉路口的一叢夾竹桃。如果往左邊轉，階梯應該就在那裡……

我找對了地方，卻到處找不到包包。我站在那裡驚愕得連話都說不出來，只能輕聲喊著：「傑佛瑞？你在嗎？」

我沒看到他。我用雙手摀住臉，拚命在記憶裡搜尋。我去上課時背包還在，卻想不起在傑佛瑞把我逼到角落時包在不在身上。我決定回溯走過的每一步，但首先，我停在夾竹桃叢前方陷入沉思。

小的時候，媽警告過我夾竹桃的事。這種植物的每個部分都是有毒的。「絕對不要碰，」她用嚴厲的語氣說，一根手指動呀動。「碰了會死掉。」

「怎麼會？」我問。

「在韓國有個新聞。一個女孩和一個男孩去野餐，忘記帶筷子，就拿從夾竹桃折下來的小樹枝夾食物吃，結果就死掉了；他們被植物裡的毒素殺死了。」

我不相信。這種植物太美，不可能有毒；它的枝枒上沉甸甸地長滿粉紅色的花。後來，智賢和我經過的時候，我推她靠近那些肆意生長到人行道的枝葉。「妳吃吃看，」我呵呵笑著說：「味道就和草莓一樣。」

智賢盯著我，一臉好騙。我又推了她一下。「快點啊！妳是怎樣？害怕嗎？」

媽看到的時候，智賢差那麼一點就要把花放進嘴裡了。媽飛奔過來，一把將妹妹的手拍掉，她因此哭了。然後媽轉過來看我，眼中滿是淚水，臉也皺了起來，好像揉成一團的紙。「妳怎麼能讓妹妹做出這種事？身為姊姊，照顧她是妳應盡的職責！」

「我又不曉得。」我繃著一張臉說。

「她搞不好會死！」

我閉起嘴，一肚子火地看著智賢。她根本沒必要哭成那樣。她沒吃那株植物，所以有什麼大不了的？我還是對母親的話存疑，但媽接著緊緊抱住我和智賢，她熟悉的氣味將我們包圍。

「妳們兩個都要小心，」她說：「我知道那植物很美，但是毒無所不在，就算是在最意想不到的地方。」

58

我找遍每個地方。背包不在講堂，也不在失物招領處。它不見了。我斥責自己的粗心大意，並努力整理出裡面有什麼內容物，思考我到底丟了什麼：我最喜歡的筆、幾年來從智賢那裡偷的大把鉛筆、嚴重打結的耳機、行動電源、幾份我在圖書館印出來的回家作業，沒有什麼不能取代。然而我仍覺得損失慘重。

我從家裡更衣間翻出一只破破爛爛的舊背包，又從智賢那裡多偷了幾枝鉛筆，然後手套進揹帶，看了看鏡中的自己。很醜，但就目前而言可以先頂一下。

第二天到學校時，學生之間瀰漫著一股極其明顯的緊繃和不安。我進了教室，聽見大家壓低音量交頭接耳，表情嚴肅。艾莉希斯坐在前方的老位置對我示意，我快步跑到她旁邊坐下。

「怎麼了？」我問。

「他們又在大約一哩遠的地方找到了一具屍體；是學生。」她的吐息吹在我臉上，感覺熱辣辣。

我注視著她，覺得臉很暖。「又一具？」

「對，現在大家開始擔心了，他們說可能有連續殺人犯偷偷把這裡的學生當目標。有人告訴我父母們打給校長，要求學校在校園安排更多保全和防護。他的電話簡直沒有停過。」

「什麼？真是有夠扯的。」我低聲說著、打量四周，一陣顫意竄過脊椎。我沒想到屍體會這麼快就被發現，還以為能至少爭取個幾天甚至幾個禮拜。他們怎麼會這麼快就發現他呢？

艾莉希斯顫抖一下。「我好怕。」

「妳不用怕。」我脫口這麼說。

血、指紋、妳的DNA，到處都是。

他們只要仔細觀察，就會發現一切。

還有刀。妳必須把它丟掉。

丟進洛杉磯河，讓它被帶到海上。

將妳的罪過沉入太平洋。

這個念頭給我安慰：刀往下沉，下沉下沉，陷進沙裡；螃蟹嚇得逃開，刀安然歇在海草和熟睡的魚兒之間。我閉上眼。艾莉希斯轉向教室前方，我卻突然驚駭地意識到——

刀。刀在我背包裡。

一下課，我完全沒跟艾莉希斯道別就全速衝出教室。她在我身後困惑地大喊：「智媛，妳沒事吧？」

我沒回應，飛快衝過停車場跑到車旁，崩潰地用力將車門打開。我找遍車內，就連最不合理的地方也找了。我在座位底下到處摸索，每個角落和縫隙都湊近去看，手上淨是陳年食物渣和頭髮。還有一根硬得和石頭沒兩樣的薯條嵌在座位套底下。

不在這兒。

我坐在駕駛座上雙手掩面，緊緊閉著眼睛。

我轉動車鑰匙，感覺腳下的車體轟隆吼叫。我完全沒看後面、直接開出停車場，發出一陣刺耳聲響朝公寓奔馳而去。我知道包包不在家裡，但我已經慌張到幾乎無法思考。在每一個紅燈，大家都會盯著我看，而我則拚命逼自己注視前方。

我偷看左邊的車，駕駛完全沒注意我，而我瘋狂亂跳的心臟似乎稍稍緩了下來。可是接著那人就朝我的方向看來。他的動作很像機器人，而且一看見我便睜大了眼睛。我即使在位置上都能看見那雙眼睛多麼湛藍。他示意我打開車窗，我搖搖頭，但他非常堅持，眼睛甚至睜得更大，指著我的動作也越來越激烈。最後我搖下車窗，再也無法承受。

「殺人犯！」他嘶著聲音說。

「我不是！」我顫抖著。「我什麼也沒有做錯！」

「妳是殺人犯，」他說，這次音量更大，威脅性更強。

我轉頭張望有沒有別人聽到這個對話，恐懼有如冰冷而溼黏的手指，緊掐著我。周遭車裡的人紛紛轉頭來看，個個都在冷笑，異口同聲迴盪著說，殺人犯。

「不是，」我嗚咽著，鎖上車門整個人往下滑，躲在座位上，卻深知這根本無濟於事。完了，一切都完了。

後面傳來響亮的喇叭聲，我嚇得坐了起來，然後才看向左邊的車。那人沒有看我——事實上根本沒有任何人在看我。我動也不動地坐在那裡，試圖消化剛才發的事，但接著又傳來一聲喇叭。

後面有人大吼：「媽的快走好不好！妳會害我們來不及過綠燈！」

我在公寓裡，在地上跪爬，在沙發和床鋪底下搜查。背包不在這裡。我感到胸中的糾結越發繃緊。我跪坐在地，渾身顫抖。

今天早上智賢隨口開玩笑說她翻我的東西。她那時戴著一條新手鍊，而當我仔細打量，立刻發現那是我的。

「欸！」我抓住她的手腕，她奮力掙脫。

「現在是我的了。」智賢對我伸舌頭。「誰找到就是誰的，誰弄丟誰活該。反正妳根本也不戴啊。我翻遍了妳那一邊然後找到一大堆有趣的東西——」

我快步衝進我們房間，翻找她那邊的更衣間。那裡有她的衣服、鞋子，還有堆成一疊的日記，我快速翻過內容，拚命想找看看有沒有哪裡提到過我或背包的事。然而日記內容異常空洞，只新增了我上次偷看後關於同學和學校的事。我把裡頭的東西一個一個往後扔，直到更衣間空無一物。包包也不在這裡。

我搖搖晃晃站起身，急忙跑到媽的臥室門口。喬治在這裡早已是一週以前的事。我絞盡腦汁回想他當時的舉動。那時的他安靜且拘謹，寧可不發一語看著電視，也不願和坐在腳邊的母親說話。也許拿走我包包的是喬治——或媽。但是媽的臥室空空如也，我在公寓每個角落都遍尋不著。

我抱頭悶住尖叫，胸口緊繃的程度超乎想像，只是一個勁兒絕望地想著：我非把背包——和刀——拿回來不可。

59

那天晚上，我發現艾莉希斯在翻我包包。那個伏在我桌上的身影我絕對不會認錯。

「妳在做什麼？」我問。

「智媛，我知道妳幹了什麼事，我一定會把刀找出來、將妳交給警察。只能這麼做了……」

「我什麼也沒幹！」我衝過去試圖把包從她手中搶回來，但她力氣太大。艾莉希斯狠狠瞪著我，無疑渾身燃燒著怒火。我在最後一刻意識到她的眼睛並非平常的蜂蜜棕，而是藍色。我驚駭地鬆開了手。

「艾莉希斯？」

「智媛，妳完蛋了，」她冷笑一聲、齜牙咧嘴。刀鋒在她指間閃爍凶光。「妳以為我在乎妳嗎？妳是個怪物，我要毀了妳。」

「不要，」我往地上一跪，緊抱住她的腿。「艾莉希斯，求求妳。」

她抓住我，皮膚感覺冷得像冰一樣。我試圖將她推開，刀子碰咚落地。艾莉希斯的指甲戳進我的手臂，我感到它們刺破皮膚，鮮血湧出。但我咬牙忍住，拚了命想抓住刀柄。

我身上的艾莉希斯發出恍若惡魔的嚎叫，令我頭痛欲裂。「閉嘴！」我尖聲吶喊，但是太遲，她的尖叫已鑽入我的耳中、縈繞不去，從內到外震撼著我。

我得讓它停下來。

我沒有多想，將刀子甩開直接刺進艾莉希斯胸膛。她驚駭地張開嘴巴，藍眼亮晃晃，色澤因眼淚變得更加鮮明。艾莉希斯頹然倒地，身下流出一灘黏稠的血。我尖叫著趴到她身上，將她美麗的臉龐抱在懷中。

「不！！！！！」

我倏地起身，智賢啪的打了我一下，先是咕噥了一些什麼才翻過身，再次墜入夢鄉。

我從智賢懷中掙脫，把手機從桌上的充電器拔出來，輕手輕腳走到客廳。我的心臟跳得超級大聲，甚至蓋過腦中其他思緒。

等我調整好呼吸，便撥出艾莉希斯的號碼，手機緊貼在耳朵上。

儘管時間很晚，她還是接了起來。「智媛？」她聽起來很想睡。我想像著昏昏欲睡的她裹在聖誕睡衣裡面，這畫面令我困難地吞嚥了一下。

「我的背包在妳那裡嗎？」我問。

「什麼？」她現在聽起來比較清醒了。「妳在說什麼呀？」

「我的包包不見了，我在想會不會在妳那裡。」

「怎麼會在我這裡？」她口氣冷淡，不怎麼愉快。她生氣了。

「我不知道，我只是想……」我拍了自己的頭一下。「對不起，這真的太白痴了，我太白痴，沒有想清楚。」

「智媛，去睡吧，好好休息。」

「妳在生我的氣嗎？」艾莉希斯那端陷入好長一段沉默，「妳還在嗎？」我問，心臟不禁一沉。

「我在，我沒生氣，智媛，我只是累了。」

上課時，艾莉希斯十分冷漠。我試著跟她說話，嘗試道歉，但她一句話也不說，直接越過了我，讓我站在原地，而她就這麼消失在轉角。

「我不是故意的。」我默默地對著她離開的背影說。

我應該要擔心刀子和自己可能被抓包，可是我腦中只想著艾莉希斯。我竟然對她做出那種指控，我真是爛透了。但是同時，我心中也充滿了怨恨。

她應該要是妳的朋友。

她應該要懂妳才對。

但她就和其他人一模一樣。

60

情況急轉直下。

喬治回應媽的次數屈指可數，而讓一切更糟的是，他拒談婚禮。「只剩兩個禮拜了！」某天晚上媽尖叫著說，口水從嘴裡噴了出來。「你會來嗎？」

智賢正在朋友家，我則單獨和媽在一塊兒。我在自己房間，衷心希望她可以像我爆發之後那樣繼續不理我。但她一掛上電話就猶如行屍走肉般進來我房間，頭躺在我大腿上，眼淚落成一條河流，讓我褲子整個溼透。

我們沒提起我對她說的那些過分話，「現在搞成這樣，我真的很抱歉，」她說：「但喬治是個很好的人，絕對不會做出傷害我們的事。妳們不用擔心，我知道打從妳爸離開，妳和妹妹就非常辛苦。可是我保證——我保證婚禮之後喬治一定不會離開的，他一定會成為妳和智賢的好爸爸，我發誓。」

如果不是她哭得這麼傷心，我一定會告訴她我早就有了父親。而且他就和喬治一樣，只是個平凡的男人。

我會告訴她他們都是始作俑者，是他們造成她如此絕望、我們家如今的處境、那些殺戮，以及一切。

也許智賢沒有說錯，也許真有詛咒。在我們的血中，藏了毒。

61

我坐在圖書館的公用桌前，臉幾乎貼在剛到前臺借的筆電螢幕上。我正在找附近的建築工地，然而卻無法專心。不管什麼聲響都會嚇得我跳起來。因為腎上腺素的關係，我戰戰兢兢，手掌瘋狂冒汗。我把同一個字看了一遍又一遍，直到文字變得毫無意義。

該死，我的背包到底在哪？刀又在哪？

我的指甲摳進掌心，試圖用痛來轉移注意力。不這樣的話我絕對會當場崩潰。我想像自己的身體變成上千碎片、散落一地。

有人在我對面坐下，粗魯地拉出椅子。椅腿刮過地面的聲響讓我瑟縮了一下。我看了看。

傑佛瑞對我咧嘴一笑。

「嗨。」他小聲地說。

我皺了一下臉。「嘿。」

「妳有稍微想一下我們那天講的事嗎？」

「傑佛瑞，我真的對你沒感覺。」

坐在我們旁邊的女生皺起眉頭；我們太吵了。我站起身，把筆電夾到腋下。傑佛瑞迅速跟上。我朝著圖書館的無人區域走去，聽到身後傳來他的腳步聲。我們身旁只有書架，頭上的燈光十分強烈，在地毯上照出長長的影子。

「妳根本連試都沒試，」他脖子上默默冒出整片紅色，「如果妳連試都沒有試，就不可以拒絕。」

「試什麼？」

「試著喜歡我！我沒有那麼壞的，妳現在一副──覺得我是什麼變態似的──」

「你不能強迫別人喜歡你啊，傑佛瑞，這件事不是這樣的。」

「我沒有強迫。」他上前、我後退，背撞到牆壁。

「我努力想紳士一點，我努力順其自然。可是，智媛，妳就非要毀掉一切不可！」

「我什麼也沒有毀掉──」

「少在那邊裝蒜了。我看到妳無時無刻不和艾莉希斯混在一起，可是妳應該是要跟我在一起的。妳就任憑她阻撓我們，毀了我們本來可以擁有的一切。」他一邊嘆氣一邊耙梳頭髮。

一切都拼湊起來了，這整段時間我老覺得被人監視。公車上、停車場。「你一直──一直在跟蹤我？」

「當然啊，我必須保護妳，我要確保妳的安全。智媛，愛上一個人就是會這樣的。」

我縮起身體躲他，腦中警鈴大作，尖銳又刺耳。

「停，」我對他說，背後的牆硬邦邦的。「你不愛我；你根本就不認識我。」

「我認識妳，智媛，我一直都在看著妳，我知道妳的每一件事。例如我知道妳不小心弄丟了背包。」

「是你拿走的？」我氣急敗壞，「為什麼？」

「因為妳得清醒一下，智媛，如果妳搞不清楚什麼事情對妳有益，我就必須讓妳知道。只要妳證明自己有資格，就可以把東西拿回去。我把包包鎖在家裡房間了。」

「你到底有什麼毛病？」我壓低聲音說。

「智媛，拜託，我們一起幸福快樂好不好？我這是在幫妳，可是如果妳不乖乖合作，我真的沒有辦法。」

「我不需要你的幫助！」

他扣住我的手腕，抓得超緊。我咬緊牙關拚命壓抑想吼叫的衝動。他凝視著我、靠了過來，張開的嘴又熱又臭。他伸出了舌頭。

我們上方的紅燈正在一閃一閃，那是監視攝影機。當我抽身閃躲，目光一直盯著那裡沒移開。

「我真心希望妳不要再這麼難搞，」傑佛瑞皺著眉頭，「但我知道妳一定嚇壞了。我這個人是很善解人意的，智媛。我會給妳一點時間思考，我知道妳終究會想通。」他摩娑我的肩膀，輕輕碰了碰，然後走開。

我的手瘋狂發抖。當我勉強將手機從口袋拿出來，甚至差點掉到地上。

我要毀了你。

62

媽請了整整三天病假，躺在床上看韓劇到深夜——而且只看悲劇，就是結局大家都死掉的那種。她跟著每場戲一起哭，哭到身體發痛，彷彿快死掉的人是她才對。

如果她現在就取消婚禮，不要等到當天，至少還可能拿回部分退款。可是每次只要我提起——我總是很委婉，怕傷害到她的感情——她就開始大叫大嚷。所以我已經什麼也不想說了。

都到了這個地步，她還是不放棄裝飾。媽身穿婚紗，頭戴皺巴巴的頭紗坐在電視前面摺紙花。這個任務雖然簡單，卻乏味至極。你要將鐵絲網往左折一次——這是第一片葉子；接著包上綠色紙巾往右折，做成第二片葉子。然後再把鐵絲在最上方折成五個中等大小的圈圈，以粉紅色和紫色紙巾包起來。

「用兩個顏色可以增加層次。」媽說。

最後，拿膠帶把底部貼起來，就不會整個散開，再用綠色緞帶遮住膠帶，打成一個蝴蝶結。那些花的樣子本來就樸拙，因為她邊哭邊做的關係，如今花已完全不能用。那整堆毀掉的花不斷在她腳邊增生，可是她怎麼也不願停手。

媽曾對我說她是世上最瞭解智賢和我的人。「我花了整整九個月在肚子裡孕育妳們兩個，」她說：「是我創造出妳們身體的每個部分。不管妳們認識誰、做了什麼，最瞭解妳和妳妹妹的永遠都是我。」

還小的時候，我以為這意味母親能夠讀出我的心。只要我說謊，她都會知道；只要我做壞事，她也會曉得。可是當我越長越大，便逐漸發現這只是媽許許多多的謊言之一。她根本不知道我在想什麼，或我有什麼感受。因為如果她知道，絕對不會做出那些行為，做出那些傷害我、讓我悲傷或哭泣的事。最重要的是，她絕對不會把喬治帶進我們家門。

63

媽很久沒有煮魚了。但是今晚，她帶了一條冷凍黃花魚回家，那條魚包在塑膠袋中，在流理檯上與我小眼瞪大眼。魚徹底解凍後，她便將它扔進鍋中，滋滋聲響瀰漫公寓。我站在她旁邊，注視魚皮逐漸金黃香脆。桌上和往常一樣多留了一個位置，以及一副今晚不會有人用的餐具。

這幾天，我無數次開車經過喬治的公寓。他的小貨車一直都在，就算隔一段距離依舊看得一清二楚。有一、兩次，我瞥到他和珍的身影。他總用一手攬著她。

媽望著陽臺窗戶外頭，眼神無力又悲傷。我發現她的手指破皮流血，指甲完全裂了，底下的粉紅色肉露了出來。

「媽，妳得吃點東西。」

她深深嘆了口氣。她的臉頰凹陷，眼底的空洞深沉黑暗。她看起來病厭厭，狀況很糟，瘦得令人擔憂，彷彿隨時會憑空消逝。

64

週四早上當我醒來，發現公寓安靜得令人發毛。智賢早早出了門，去學校上特別指導課。但因為一些詭異的原因，母親房間沒有一點聲響。她應該要弄好頭髮準備出門才對，因為她答應李先生今天會回去上班。我偷偷摸摸走過去，先偷聽了一下才敲門。

「媽？妳在嗎？」

沒回應。我突然湧上一陣恐懼，將門打開後卻只發現她躺在床上一動也不動。她的皮膚蒼白、渾身冒汗，兩眼無神地望著天花板。當我再次開口喊她，她便慢慢轉過來看我。她在哭。

「媽？」

「我到底有什麼問題？」她啞著聲音說。

「什麼意思？」我坐到床墊邊邊，小心與她隔開一段距離。

「我是不是有什麼問題？為什麼會一直發生這種事？我是怪物嗎？」

「別說傻話了。」

如果這個公寓裡真有怪物，那也是我才對。

「那為什麼喬治要離開？妳父親為什麼要離開？我父母為什麼要離開？」她嗚咽著說。

我閉上嘴巴又張開。

「我……我之前跟蹤喬治到他公寓，」她講話時緊緊閉著雙眼。「我在那裡看到他和一個女人在一起。」而我的手一點一點朝她靠近。「她很年輕，也很漂亮。也難怪啊，難怪，」她喃喃地說，字句迅速消逝不見。「妳還記得我以前說過妳父親的那些事嗎？都不是真的。」

「媽，什麼事？」

「我對妳們說妳父親對我一見鍾情——不是真的，從來就不是。」她對我露出痛苦的笑容。「我認識他時就說服他娶我。我沒有任何未來，恨不得能快點過上自己的生活。他不太情願，但過了一段時間就放棄掙扎。因為我已經拿到公民資格，他還沒有。這算是最後一根稻草。」

聽到她的坦承後我陷入沉默。我現在比較能瞭解母親的感受——至少比以前懂。我瞭解一個永遠孤孤單單、到處碰壁的人是什麼感受。我從來不是任何人的首選——不是母親的，因為比起我她更喜歡智賢；不是父親的，因為他選了其他女人，不是選我，不是我們所有人。

我深呼吸一口氣。「媽，妳得起來了。妳不是跟申太太說今天過來接妳嗎？現在已經八點，她再十五分鐘就會到了。」

我撐著她從床上起來，帶她到浴室，幫她刷牙，把她的頭髮整整齊齊綁成一束馬尾，並因此想起童年。曾經，她會在上學前幫我整理儀容。這樣的角色對調本來應該很有趣，我卻失去了感覺。

我看著母親搭上申太太的車離開，在她們開走時揮手道別。她們一走，我立刻衝上樓梳洗，準備去參加最後一堂期末考。我的血管裡流竄著喧鬧的精力，是憤，是怒；是等不及要執行懲罰、實現正義的慾望。今晚，喬治終將得到制裁。

65

現在是下午三點，一波波的學生興奮地從教室湧出。明天就是期末考最後一天，但大多數人都和我一樣今天就考完了。解放之後，我立刻仰頭望向湛藍的天空。天藍得像是喬治的眼睛，也像海洋一樣；好藍、好藍、好藍。

我坐在長椅上看太陽，任憑溫暖的夏日空氣輕撫臉龐。我穿著飄逸的裙子和奶油色的上衣；這是第一次和喬治見面時穿的衣服。即使它散發一股樟腦丸的氣味，我還是很喜歡衣服穿在身上、裙襬邊緣被風吹拂的感覺。只要經過窗戶，我都會看看自己的倒影。

腿上的手機嗶嗶響起，我打開來，看見喬治傳來的訊息。

今晚還是要見面，對吧？

對，五點嗎？我回覆。

到時見。

一小時後我從長椅起身，腿都麻了。我上車，開到喬治和我約定見面的咖啡店，因為興奮而渾身顫抖。我在停車場拿出艾莉希斯的安眠藥，把剩下的三顆壓成粉末。

咖啡店人潮洶湧，除了在裡面晃來晃去的學生，店內裝飾實在有點四不像，彷彿設計者不管三七二十一把各種元素拼在一起。牆上每個地方都擠滿唱片和畫作，彼此卻毫不搭軋，其中一幅甚至有頭從飲水槽喝水的豬。我忍不住想到喬治。

空氣中飄散著烘烤咖啡豆的香氣，我深吸了一大口。我去櫃檯點了兩杯黑咖啡，拿出整把硬幣來支付。飲料很快就出現在櫃檯另一邊，咖啡很燙，我往裡面倒了三份奶球五包糖，調成喬治喜歡的口味，又拿了滿滿一手的奶球和糖塞進口袋，才轉頭回到車上。

當我把壓成粉的安眠藥倒進去，它咕嘟冒一陣泡後沉了下去，消失在杯底。我攪到全部溶解後啜了一小口，舌頭上殘留一絲絲苦味。雖然我不認為喬治會發現，但為了以防萬一，又多加了一包糖。

街燈閃爍亮起，喬治可能隨時會到。我屏住呼吸，拿出手機撥通喬治的號碼。

五點零一分，喬治的小貨車開進停車場。

他停車時，我拿起咖啡朝他飛奔而去，他連嚇一跳的機會都沒有，因為我直接打開副駕駛座門坐了進去，把下了藥的飲料塞到他手裡。

他的眼球差點蹦了出來，我因此胃裡一個翻湧。那雙眼睛真是太棒了，美麗無瑕，奪走了我所有注意力，幾乎要聽不見他問我什麼，「ＪＷ？妳在這裡幹嘛？」

「我們必須談談。」

「呃，」他憂心忡忡地打量四周。「可以等一下嗎？我有點忙，我馬上就要見……一個人……一個客戶。」

「沒有什麼客戶；那個人就是我。」

「什麼？」他驚訝地睜大眼睛。「妳怎麼——這怎麼——」他結巴了。

「我只是想談談，」我說：「我買了咖啡給你，就當作我想要講和的誠意，請你喝吧。」我腦中突然湧上一陣痛，白光一閃。我眨眨眼睛，努力逼退。

喬治在座位上往後靠，一語不發陷入沉思。他把咖啡拿得遠遠，我則先喝了自己的咖啡一大口再望向他。他嘆了口氣，喝下一大口。

「ＪＷ，我要妳解釋一下妳為什麼會在這裡，我又為什麼會在這裡。這又是妳的什麼變態玩笑嗎？」

「不是，」我的太陽穴陣陣抽痛，我置之不理。「我可以解釋一切，但恐怕需要一點時間。現在我們先喝咖啡吧。」

他的喉結上下滾動。

蠢蛋一個。拿出他的眼睛再容易不過。

我靠著窗戶等待。玻璃貼著皮膚，感覺冷冷冰冰。「我想跟你談婚禮的事。媽最近很不好，你有和她聊過嗎？你應該不會臨陣脫逃或做什麼蠢事吧？」

喬治嘆氣。「那是我和妳母親之間的事。」

「我母親的事就是我的事。」

喬治垮下了臉，注視著沉落的太陽。天空中有斑斑粉紅，雲朵映在他的虹膜。我們靠得很近，所以什麼都看得見——那些線條、圓圈和溝痕，以及處處散落的金色光點。「不過我可以確定一件事，」他快快地說：「JW，妳是個好女孩，這麼聽話。」有一瞬間，我還以為他會像摸狗一樣拍拍我腦袋。

我搖搖頭，堂堂正正直視他的眼睛。「你不瞭解我，一點也不瞭解。」

「我瞭解。」

「不，你真的不瞭解。」

喬治舉起雙手，掌心對著我。「聽著，我不是來這裡和妳吵架的。帶我來這裡的人是妳，只要妳走，我也可以拍拍屁股走人。」

不，你不可以。你必須為自己的行為付出代價。

「我有些其他事要跟你談，」我慢條斯理，清楚感受腦中的搏動。它敲得十分響亮。

「有屁快放。」

「我聽到你跟別人怎麼說我和我妹妹。」

「我完全不知道妳在說什麼，」他嘴一噘，在椅子上往後一靠。我看見他擱在扶手上的雙手捏緊。

「我聽到了，」我這次更加堅持，「我回家的時候你在講電話。真是有夠噁心，你有夠噁心。」

喬治注視著我，「我完全不知道怎麼會有這種毫無根據的指控。」我兩手握拳，狠狠敲在儀表板上。「你說她是蕩婦。你應該知道智賢還是小孩吧？你到底有什麼毛病？我知道你都是用什麼眼神看我們、又是怎麼對待我們的。你為什麼會覺得這樣沒關係？」

他彷彿被我逗樂了。「妳就因為這件事把我叫到這裡？妳只是想對我說教？」我繃緊了下巴。

「好啊，ＪＷ，」他說。我看向儀表板上的時鐘，注視著那有如螞蟻一樣慢爬的紅色數字。「被妳抓到囉——我是男人，只是做了全天下男人都會做的事。來，我幫妳拍拍手——所以我可以走了嗎？」

他舉起那杯咖啡，一副要和我敬酒的模樣，露出一抹皇帝般的優越神情，再不疾不徐一口飲盡。

我的自信瞬間動搖，湧上一絲絕望。為什麼藥沒有見效？

——突然之間，他碰了碰額頭。「呃。」

「怎麼了？」

「我可能有點不太舒服。」喬治一邊咕噥一邊搔頭。

我拍拍他的背。光是碰到他汗流浹背的溼衣服就令我不禁顫抖一下。「要我去找人嗎？」

「不要！」他一口回絕，突然往前一趴、把頭抱住。他還沒完全失去意識，但我知道他已經開始昏沉了。他張開嘴巴、不住喘息。空氣中濃濃瀰漫著他酸臭的口氣。

「我開車載你回家，」我說：「沒事的，我可以打給媽告訴她你身體不舒服，她可以照顧你。」人群從我們旁邊經過，手裡都拿著咖啡。

「行。」喬治口齒不清，我急忙下車，打開他那邊的門。他跌跌撞撞地下來，腳步不穩。他有一、兩次差點跌倒，最後一刻才穩住身體。我扶著他上副駕駛座，把他推上去，然後自己坐到駕駛座，小心翼翼不讓臉被看到。

「好了嗎？」我問喬治。

「嗯哼。」他的眼神變得呆滯。我伸手過去把安全帶拉緊，固定住他的身體，滿足地聽見喀一下扣上的聲音。

沒必要把我的寶貴物品弄壞。

我載著他出停車場，看著母親那輛破爛本田在後照鏡裡變得越來越小。我身旁的喬治無力垂下腦袋，拚命想保持清醒。我們開到一片空盪的建築工地，無聲在草皮上停下。

「我們在哪？」喬治低聲咕噥，我差點聽不懂他在說什麼。

「在家。」我對他微微一笑。

他沒有回應。

路另一邊看不到的地方，有一條死巷和幾棟小房屋，我們之間隔著一小叢矮樹林，要透過林子看到這裡是不可能的。林子濃密繁茂，這條路上也沒有燈光。這裡很暗，而在傑佛瑞抵達之前，我必須加快腳步。

我在那裡坐了幾秒，先在興奮中沉浸了一會兒才從包裡拿出媽的削皮刀。我撐起身體，靠向喬治躺的副駕駛座。他閉著眼睛，呼吸粗淺。我把他的椅子往後倒，讓他平躺下來。

這正是我等待許久的饗宴，一定要好好品嘗不可。

我碰了碰喬治的眼皮，好暖，透過薄得像紙的皮膚完全能感覺到他的脈搏。他的睫毛好軟。當我用指甲戳進他眼皮底下、感覺著他滑溜的眼球，差一點就要發出呻吟。

我以刀尖從他眼皮底下戳入，被我割出的切口流出細細一條血絲，然後——

他倏地睜眼，我忍不住發出尖叫往後一退，撞上駕駛座門，不慎鬆手掉了刀。刀子落到地上，喬治毛茸茸的巨手攫住我的肩膀用力搖，令我牙齒格格作響。他說出的話不屬於任何我知道的語言，那雙流血的眼睛漏出了液體，濺得到處都是。因為安眠藥的關係，他搖晃著一個往前，用整副身軀的重量拉著我們一起滾到地上。他壓到我身上，我的骨頭發出喀喀聲。

「媽！」我放聲尖叫。我會被喬治殺掉的。他掐住了我，抓著我往地上撞。我的頭每敲到泥土地一次，頭顱就有種要裂開的感覺。喬治一邊勒我一邊口水亂噴，右眼已經變得血淋淋。

有輛車子的頭燈在路上亂跳，我的視線模糊起來，從邊緣開始陷入漆黑。我拚命想吸到氧氣。我還活著嗎？那輛車是真的嗎？車子發出刺耳聲音停在我們旁邊，傑佛瑞的怒吼穿透耳膜。

「智媛！」他尖聲喊道。

「這裡，」我粗著嗓子，擠出最後一絲力氣指著掉在旁邊地上的刀。傑佛瑞先是一臉困惑，但很快就拿起了刀，踉蹌著腳步往前接近，在我們周遭盤桓。由於喬治正不顧一切想置我於死地，所以根本沒有發現。

突然傳來悶悶的咚一聲，喬治稍微鬆開了一點，我氣喘吁吁，拚了命的吸入氧氣。接著又是咚一聲，我見到傑佛瑞的手一次次舉起落下，顫抖的手中拿的不是刀子，而是石頭，狠狠砸在喬治頭顱上。每敲一次聲音就在空氣中迴響，震盪不已。而在這陣猛攻之中，喬治終於在某個瞬間放開了我，頹然倒下，手高舉在空中，然後就完全不動了。

傑佛瑞脫力倒地。在昏暗的光線裡，他的臉看來十分蒼白，血色盡失。他在發抖，口中吐息斷斷續續。

空氣真是太甜美了。我把嘴張到最大，能吸多少就吸多少，盡情感受著肺在胸中舒展開來。

另一陣疼痛竄過腦中，我閉緊眼睛等它過去。左側傳來一聲嗚咽，是傑佛瑞，他正靠在喬治的車輪輪框上哭泣。他撿起某個東西扔進灌木叢，腳邊的喬治癱軟著身體，沒有反應，身下的草被鮮血浸透。

遙遠某處，我聽見警鈴的聲音。

然後黑幕便降臨下來。

66

我在某個洞底，泥土堆到腿部，我動彈不得，只能張嘴喊救命，此時邊上卻突然探出一顆腦袋。可是這裡實在太黑，我辨認不出那人的五官，只能瞇著眼睛拚命看，直到發現那人是喬治。他正在拚命猛剷，額頭冒出大量汗水。即使在黑暗之中，他的眼睛依舊美得令人窒息。一鏟又一鏟的積土如雨一般落在我身上。

「住手！」我大喊。

但喬治沒有停，直到我整個人幾乎被埋住。而當他再次低頭看我，我才發現那根本不是喬治，是傑佛瑞，只是換了一雙藍色眼睛，而非棕色。我倒抽一口氣，泥土卻裹住了我的舌頭和喉嚨。我拚命掙扎，乾咳不已。突然之間，母親出現在我身旁。她抱著我的頭，淚水在我旁邊落成小池，直到一切全都溼透，使我幾近溺斃。

「醒醒啊，智媛！醒醒！」她說。

「對不起，」我呢喃著。這一切都不是真的，我雖然知道，卻還是想去碰她、去安撫她。「對不起，我不是一個好女兒。」她離我好遠，我的手卻沉重得沒辦法動。

「妳在說什麼傻話？」她語氣溫柔。「妳是最棒的女兒。」

夢中的媽要我別再說話，我看見她眼中有著警告意味，彷彿表示什麼都不要再說了。

我緊緊閉上嘴巴，等著被往下一路拖進黑洞。然而我並未下墜，身體反而變得更輕盈，身旁的黑暗化為一片光亮，我困惑地眨著眼睛。

我死了嗎？

我在醫院病床上，身後傳來嗶嗶聲響。我起身，感到手臂上一陣點滴的拉扯。我的腦袋陣陣抽痛，我伸手去摸，發現半邊頭髮都沒了；我腦袋的一側被剃光，還冒出一排縫線，高高隆起一道縐折。

「智媛！」媽尖喊一聲抓住我，對著我的臉就是一陣猛親。「噢！感謝上帝！感謝上帝！」

他旁邊的智賢又笑又哭，捏捏我的手。我環顧四周，努力想搞清楚狀況。「發生什麼事了？」

媽和智賢交換了一個眼神，「妳有腦瘤，」妹妹用溫柔的語氣說：「——應該說本來有腦瘤。」

我瞠目結舌。「腦瘤？」

智賢點點頭，「他們認為妳有腦震盪，所以幫妳做了核磁共振，結果在掃瞄時看到了別的東西，妳得進行緊急手術。他們……不確定妳挺不挺得過來。」

「我不懂。」

智賢遲疑著看了媽一下。「我們也不懂。」

「我躺多久了？」我啞著嗓子說。

「四天。」

「那腫瘤呢？他們有沒有說我這樣多久了？」

「很難說，有可能從妳出生就有。他們沒辦法確定。」

我閉上眼，往後靠著單薄的枕頭。我眼皮底下的黑暗中銘刻著藍色的球體，我專注地盯著它們看。

那是喬治的眼睛。

即便我能清楚在腦海中看見，這份記憶卻沒有帶來絲毫愉快或渴望。我加倍專注，卻什麼也感覺不到。

這表示什麼呢？我體內的希望開始沸騰冒泡。說不定一輩子擺脫不了疼痛根本不是什麼命中注定；說不定我本該過著正常的人生。

我看著媽。「喬治在哪裡？」

媽用憂慮的眼神朝我病房門看了一眼。

「他還活著嗎？」

「嗯。」媽低聲說道。

「妳朋友把他打得滿慘的。」智賢說。

「傑佛瑞不是我朋友，」我出口反駁，智賢嚇了一跳。我清清喉嚨。「他在哪裡？」

突然一陣尷尬沉默，我清楚地感覺到她們的遲疑。最後媽開口說：「妳現在很安全，沒有人傷害得了妳。」

「但是到底發生了什麼事？」我問。

「我們還在努力釐清，但是就目前我們——目前就警察所知，妳、喬治和傑佛瑞在一片廢棄工地被人發現，那裡距離佛蒙特不遠。他們試圖在喬治醒來時進行盤問，可是他講的話根本狗屁不通。傑佛瑞說是妳叫他去那裡碰面，他到的時候妳和喬治已經在那裡了。他說喬治打算把妳勒死，為了保護妳，他不得不把他敲昏。」

我摸了摸喉嚨，那兒紅腫疼痛。我忍不住猜想著喬治住在哪間病房。

「幸運的是，附近居民正好帶狗出來散步，聽到尖叫聲所以叫了警察。他們到時發現妳和喬治失去意識，然後……嗯……他們逮捕了傑佛瑞，把他關了起來，」智賢靠過來小聲地說：「事情真的是這樣的嗎？妳和喬治到底在那裡做什麼——？」

「智賢！」媽打了她手臂一下。

「反正警察也會問啊，」智賢說：「她先跟我們講會比較好。」

「智賢說得沒錯，」媽還來不及反駁我就先搶白。「是我找喬治見面的，我想跟他談婚禮的事。」而媽一手放到我肩膀上，「對不起，」我對她說：「我應該先跟妳談的，我只是想試著照顧妳。」她點了點頭，抹掉一滴看不見的眼淚。「可是喬治來後我問他那些問題，他卻越來越不爽，我們就吵了起來。接著傑佛瑞就出現了。」

智賢從邊桌拿起我的手機遞給我。「他每天一直給妳打電話又傳訊息，有一天還想闖進來，但是護理師阻止了他。」

「誰？」我困惑地問。

「傑佛瑞。」

「但我以為——」

「他保釋了，」智賢說：「警察說沒有能反駁傑佛瑞說法的目擊者，所以他們也只能扣留他幾天。」

智賢據實以告，而我們因此陷入沉默。我環顧病房：這裡好空，連扇窗戶也沒有。塞在角落的電視小得不得了，牆上那扇門顯然是通往旁邊的病房。

媽不見人影，留智賢和我一起待在病房。不知為何，我妹似乎因此被惹毛了。「怎麼了嗎？」我問她。

「沒事。」

「妳在我面前是撒不了謊的。」

智賢咬著嘴唇，無聲咕噥了一些話。「她去看喬治了。」她小聲地說，而我渾身僵硬。

一會兒後，媽回來了。探病時間已經結束，離開前，智賢把我的包包遞給我。

「妳的手機在充電，需要什麼就打給我。我們明天會再回來。」

我一直等到他們離開才從床上起身。我幾乎無法移動，每一步都如履薄冰，可是我心中好奇的火焰卻在熊熊燃燒。我想親眼去看喬治；我必須知道他在哪裡。我抓著點滴袋，拖著它一起行動，輪子骨碌碌滾過塑膠地面。我望向醫院病房，看著牆上整排的房門。

他在哪裡？

67

當一雙手扣住我脖子，我仍深陷睡夢之中。那雙手收緊掐住我，切斷我的氧氣來源。我出手攻擊，拚命想要掙脫。可是它們力氣太大。不知道為什麼，我的眼睛被封住了，眼皮上有某種黏稠液體，我怎麼也睜不開。

我看不見，卻很清楚那人是誰。那粗重的吐息和悶哼——是喬治。他打算來取走我的小命。

我的指甲戳進他皮膚、刺破血肉。他痛得高聲尖叫、放開了我。我不顧一切瘋狂抹眼，努力想把眼睛睜開——

不對，我的眼睛*是睜開的*沒錯。我瞎了。我原本有眼睛的地方空無一物；它們不見了。我聽見喬治在我前方某處咬嚼著什麼，我立刻知道他正在大快朵頤我的眼球。

我悲切地發出嘶吼，猛然從床上坐起，摸著自己的臉孔、眼皮和眼睛——都還在。

只是惡夢一場。

一週後，我有個意外訪客：艾莉希斯。她抱住我，大驚小怪地對我不合身的病人袍和占去腦袋一半的縫線發牢騷。

「我得說這新髮型超適合妳的。」艾莉希斯笑道。

「真不敢相信妳竟然對動手術的病人開玩笑，」我皺著眉頭。「太過分了啦！」

「我不是在開玩笑，」她故做無辜。「我真的超喜歡，實在有夠……煞氣的。」

她一屁股在我旁邊的椅子坐下後朝我靠近，我則讚嘆著她的長睫毛，並一顆一顆數起她臉上的雀斑。「所以……到底發生什麼事了？」她問：「妳是可以談的嗎？」

我把告訴媽與智賢的來龍去脈也告訴艾莉希斯，她聽完後倒抽一口氣，下巴掉了下來。「太扯了吧。」

「是不是？」

「妳跟傑佛瑞講過話了嗎？」

「沒有，」我拿起手機，「但他每天打電話、傳簡訊，我都沒回，可是他死也不願意停。」我把螢幕拿給她看。

妳沒事吧？

智媛，立刻打給我，我們得談談。警察認為我犯了法。

哈囉？？？？妳有收到我的訊息嗎？

我想去看妳，但是他們不讓我進去。拜託妳，可不可以告訴他們是我救了妳，所以我是可以去看妳的。

艾莉希斯皺起臉，「我的老天，拜託妳封鎖他好不好？」

「我可能確實該這麼做。」我嘆了口氣，收起手機、搖了搖頭。

「妳必須好好休息，」她看著我說：「我該走了。」

艾莉希斯離開時我突然有些感傷，即便她承諾很快就會回來。我看著她離開，胸口綻開一陣暖意。我很感激她能原諒我，我們又可以當朋友。

每天會有四次，護理師帶著裝滿一整杯的藥過來。他一直熱情洋溢又喋喋不休，問我感覺怎樣、有沒有哪裡痛。我都會咬緊牙關裝得一派愉快，即使我每點一次頭就像有玻璃碎片慢慢劃過頭顱。

不管他給我什麼我都吃，除了上面印了小小的R和P的圓形藥丸以外。我把那些藥塞進舌下，等著他出去門外。確定他走之後，我就把藥拿出來藏在枕頭下。我知道那些藥能讓疼痛消失，但是痛能讓我保持警覺。

68

醫生說，考慮到我經歷的一切，目前的狀態算是很棒了。「很少見到有患者這麼快從手術恢復。」他們說，而媽露出燦爛微笑。

「智媛和你們以前看過的人是完全不一樣的。」她說。

「我們也希望妳可以舒舒服服待在家，畢竟妳正在慢慢痊癒。只要在這裡再待幾週，妳就能回去睡在自己的床上了。是不是很令人期待啊？」

我點點頭，其實沒在聽。

每次媽來看我，都會假借「去一下廁所」、「找點東西吃」的理由暫離。但是智賢和我都曉得她其實是去做什麼。無論如何，我們都睜一隻眼、閉一隻眼，任憑我們之間的尷尬與日俱增。

既然我狀態這麼好，醫生便讓我去外頭呼吸點新鮮空氣。媽和智賢必須遵守嚴格規範照料我，確保我不過度操勞。「別讓她走太多路。」他們會一邊在我面前搖手指一邊說。

今天風和日麗，空氣乾淨清新。我仰頭望著天空，天藍得我眼睛都痛了起來。我想到喬治，他正沉睡在這棟建築的某個地方。我不禁猜想他的眼睛是否仍如記憶中一樣湛藍。

這裡也有其他病患穿著病人袍晃蕩，但我全部當沒看見。我們來到這裡的邊緣地帶，在灌木叢的遮掩下不被其他人打擾。這團綠意散發出一股近似香草的好聞氣味，我深吸一口氣，靠近打量。

是夾竹桃。

當媽離開我的病房，我偷偷從窗戶窺看。她右轉之後就不見了。我旁邊還有五間病房，接著就是位於盡頭的電梯。我嘗試在心中想像：喬治在這層嗎？還是在別層樓？

「可以幫我倒杯水嗎？」我對智賢說，她則指指我旁邊的水瓶。「不是，」我哼哼唧唧。「我想要冷的，有加冰塊的。」

智賢站起來。「我去找，妳還需要什麼別的嗎？」

「我想吃點東西。」

妹妹一離開，我就起身去走廊偷看。有個護理師看到我後急忙跑過來。「妳需要什麼嗎？」她問。

我搖搖頭。「我在找我媽。」

「我會跟她說，」她緊張地對我笑了一下，我等著她走開，她卻站在原地沒有移動。

「妳必須好好休息，」她說：「我們不能讓妳到處亂跑。」

「也是，」當我拖著腳回到床上，聽見旁邊傳來聲音：是我母親的聲音。她壓低了音量講話，但我立刻認了出來。

這樣一來一切就都合理了，喬治就在我旁邊的病房。我將耳朵貼在連接兩間病房的鐵門上，清楚聽見了母親的聲音。我扭動門把，可是它上了鎖。我用指節敲了敲。

「媽？」

她話講到一半停下來，我又敲了一次。「媽？是妳嗎？」

我聽到門鎖轉動的聲音，然後就看到了母親，她從門縫裡露出的臉皺在一起。「智媛，妳需要什麼嗎？」

「妳在那裡做什麼？」我把門推開，看見床上躺了一個人。那是喬治。但我還來不及看清媽就急匆匆地走進來，啪一聲將門甩上。

「妳妹妹呢？」

「她去幫我找水。」

「好、好，」媽心不在焉地說：「我找妳的病房不小心迷路了。」

我對她微笑，拍拍她的手。「我想也是，媽，別擔心。」

69

媽和智賢日日來探望我，總是待到被護理師請出去。就連艾莉希斯都每週來訪，偷渡各式各樣的零食給我：一包瑞典魚軟糖——我們幾分鐘內就吃得一乾二淨；淋上厚厚一層糖霜的手工布朗尼；一袋辣味奇多——包裝紙沙沙的聲音超級響亮。然而，我父親的缺席實在是難以忽視。我望眼欲穿期待他走進來，卻一直不見他的身影。

「爸知道嗎？」我問媽，她的臉色瞬間刷白。

「知道什麼？」媽問，眼神轉來轉去，就是不肯看我。

「知道我在這裡。」

媽點點頭，嘴脣緊緊抿成一條細線，幾乎都要被她吃進嘴裡。

「那他說什麼？」

「他很擔心。」

「就這樣？」我撐著身子坐了起來，媽急忙從椅子上起來扶我。「我沒事，」我口氣不太好，「他還說了什麼？他為什麼不在這裡？」我不知不覺間已經嗚嗚哭了起來，那些話就像酸性物質一樣不斷脫口而出。「他為什麼一點也不關心我？」

一雙溫暖的手來到我背後，我嗅到智賢熟悉而香甜的草莓洗髮精氣味，緊緊閉上眼睛。

「妳父親很忙，」媽的語氣很輕。她坐了回去，智賢擁著我，像抱小孩一樣把我抱在懷中。母親剝著裂開的指甲，死皮隨鮮血流下，她扔進嘴裡吸吮，臉頰都吸凹了。「智媛，我本來想等妳好一點再告訴妳，但是……妳父親要有孩子了。」突然降下一陣可怖的死寂。我望著智賢，她也看著我。「這消息不是個很棒嗎？」媽真是毫無說服力。「是個男生，妳很快就會有個小弟弟了！」

她們離開之後很久，我坐在那裡眺望窗外。弟弟，男孩。我父親的夢想終於實現了。

智賢離開前，我問她還好嗎。

「我很好，」她抱緊我，不肯看著我的眼睛。「我們什麼也沒辦法做。」

70

喬治似乎在睡覺，但我看得比誰都清楚。我去看他之前，先把存下來的止痛藥丸壓碎，溶入一杯蔓越莓汁。當我一點一滴地把液體灌進他張開的嘴裡，非常確定我這幾天忍耐的所有疼痛都將得到回報。他的呼吸變慢，越來越微弱，直到完全停下。

我用餐巾包住刀柄，即使正努力鋸下喬治的眼球，依舊小心翼翼不要碰到別的任何東西。鮮血從那兩窪敞開的眼窩裡汩汩流出。

餐巾被染成粉紅色。我退後一步，欣賞著自己的作品和手中喬治的眼球，然後才快步從連通門回到我的病房。

晚餐時分，護理師用托盤裝著雞肉、米飯、蔬菜湯及一杯櫻桃果凍來給我。我坐在床邊，把眼球丟在那堆米飯上。湛藍如常的虹膜與我四目相對。

我用刀叉將眼白切開一個小口，眼球裂開，一股清澈液體流了出來。我吃了一口；簡直是珍饈，和我記憶中一模一樣。有些鹹，還帶了一絲甜味，而那股金屬味道非常強烈，讓我想到牛肝。我用盡力氣控制自己，才沒直接把整顆眼球塞進去；我吃著，吞著，我狼吞虎嚥。

我一定要很慢很慢、仔細品嘗。

我把一湯匙米飯塞進嘴裡，它與這濃郁的滋味可以說是相得益彰。我切下一片又一片，一點一點將這美味送入口中。

當盤中只剩下幾口飯，我拿起電話，滑過那些未接來電。每一通都是傑佛瑞打來的。我撥了他的號碼，聽著鈴聲響起。

「傑佛瑞嗎？」我說：「我是智媛，我們可以聊聊嗎？」

71

門上傳來敲門聲，我從窗戶看見傑佛瑞透過玻璃偷看，便揮手叫他進來，並用餐巾沾了沾嘴巴。

我已經用完晚餐，填飽了肚子，這輩子從未如此滿足。而傑佛瑞因為能見到我興奮不已，臉上表情十分熱切。

「能看到妳真是太好了！」他露出燦爛笑容，「我甚至得偷偷摸摸避開護理站，因為他們一定不會讓我進來——哇靠，那是什麼？」他看著我盤中殘留的一抹紅色，「看起來很好吃。」然後對著我手裡的杯子皺眉。「妳在喝酒嗎？這是可以的嗎？」

「這是蔓越莓汁。」

「好喔，」他上前一步，捏了我肩膀一下。我把他的手挪開。「妳打給我，我很高興。我一直想來看妳，可是他們說我不能來。我是真的很想來探望妳的，智媛，我發誓。」

「我相信你。在我們開始談之前，你可以幫我把這些拿走嗎？我想要自在一點。」我動作僵硬地示意腿上的托盤和食物。「可以把這個挪到那邊嗎？噢，刀子也幫我拿一下。」於是他抓住刀柄。

我看著他把東西挪到一旁，又急急忙忙跑回來坐在椅子上。「那個，妳打來我很開心，這真是太瘋狂了。警察逼問我發生的每一件事，我說我救了妳的時候他們還半信半疑。」他抓住我一隻手，我頓了一下才掙脫。「智媛，我是好人，就像我一直跟妳說的一樣，只要妳給我機會就會知道。此外——」他挺起胸膛，「妳也欠我一次，智媛，我從那傢伙手中救了妳一命。」

「確實，」我點點頭，「但是……我還是好害怕。」我降低了音量，垂下目光。

「為什麼？妳在害怕什麼？」

我示意牆上那扇門，「喬治。他就在那兒。他對我做出那些事，害我一直做惡夢。」我發出哽住的哭聲，摸摸脖子。

「什麼？」傑佛瑞怒不可抑地站了起來，「妳是在開玩笑吧？他就在旁邊的病房？他們怎麼會讓他待在這裡？他都幹出了那種事欸？」

「真的太可怕了。他離我這麼近，我晚上根本沒辦法睡覺。」我咬住嘴脣，裝出強忍淚水的模樣。

「這樣不行，」傑佛瑞搖頭，「怎麼可以，」他怒氣沖沖地走向連接門，當他一把將門打開，我悄悄垂手去摸索病床旁的呼叫按鈕。

我聽見隔壁房間傳來倒抽一大口氣的聲音。我雖看不見傑佛瑞，但知道他一定正望著喬治失去生氣的軀體，注視著他臉上的兩個大洞。我曉得傑佛瑞一定在渾身發抖，拚命想理解眼前的駭人景象。但他不會有這種時間，因為我已開始放聲尖叫。

72

我看著警察把傑佛瑞上銬拖走。他試圖跟他們解釋，好聲好氣、花言巧語，一開口就停不下來，但警察完全不聽。

不久，他們把喬治推走，用白布蓋起他的屍體。其中一名警察（是個年輕人）來跟我談話。他表情嚴肅。我知道他已經看過了屍體，那也許會成為他這輩子都無法忘懷的景象。「我知道妳一定嚇壞了，但我必須問妳幾個問題，如果妳現在沒辦法回答……」

「沒關係，我可以。但是……喬治還好嗎？」

他倏地對我投來同情眼神。「泰勒先生過世了，」他說：「我很抱歉。」

「噢天啊……天啊。有人通知我母親嗎？」我沙啞著嗓子說。

「還沒有，我們會通知她的。妳有沒有哪裡受傷？」

「沒有，我……我本來在睡覺，醒來的時候，傑佛瑞卻拿著刀站在我面前；他威脅我，跟我說他會像對付喬治一樣對付我……」我顫抖著說：「他好像失去了理智，所以我就按下了按鈕。」

警察舉起一只透明塑膠袋，裡面裝著那把刀。「妳認得這個嗎？米勒先生就是用這把刀威脅妳的嗎？」

我點了點頭低聲說：「他對喬治做了什麼？他是用這把刀刺他的嗎？」

警察停頓一下，「我不知道現在能不能公開，」他說：「但我確實有些事情想釐清。傑佛瑞．米勒說是妳打給他，叫他來這裡跟妳見面，他說他和今晚發生的事件毫無干係。他給我們看了手機，確實有一通妳打給他的電話：今晚九點四十七分。妳對這件事有印象嗎？」

「有，」我說：「他每天都打給我，有的時候一天十通——甚至二十通，他還傳給我上百封簡訊，真的是太多了。所以我打給他，請他能不能住手。我——我想我可能不該這麼做。」我緊緊閉上眼，「我不曉得護士有沒有跟你說，但他每個禮拜都跑來想探望我。他們不讓他進來。我的天……這是不是表示都是我害的？要是我不多嘴，喬治是不是就還會活著？」

「不是的，林小姐，這不是妳的錯。就我看來，這比較像是米勒先生的心理狀況不穩定，而且有高度暴力傾向。所以無論妳對他說什麼，這件事恐怕都會發生。妳不該因此責怪自己。」警察嘆了口氣站起來。「謝謝妳抽出時間，如果還有問題，我會打給妳的。」

我覺得以後大概不會再和他有接觸。用來殺喬治的刀上滿是傑佛瑞的指紋，等警察去他家展開調查，就會找到另一個作案工具——我的摺疊刀。法醫一檢驗便會發現刀痕與我前三個受害者相符。而既然他隨時隨地跟蹤我，執法單位一定也能找出他的手機定位，並發現他就在那些殺戮發生的附近範圍，離他位於谷地的家好幾英里遠。就算用膝蓋也能破案，根本不用花腦筋。

73

儘管和喬治發生了那些糾葛，媽依舊因他的死幾近崩潰。她哀悼他，坐在我旁邊時總嚶嚶哭泣。智賢和我則一語不發地看著她哭。

我現在知道了，為了發生在我們家身上的事責怪母親是不對的，我也不怨恨她的哀慟。那是來自軟弱與無力，媽任憑自己受生命中的男性控制、操縱、為她做出所有重要決定。沒有他們，她就會茫然失去方向。

也許我的母親太軟弱，保護不了自己，妹妹又太年幼，然而我兩者皆否。醫生說我越來越好轉，他們根本不知道現在的我多麼強大。只要再過幾個禮拜，他們就能讓我出院。然後，我將去找那個必須對這整件事負責的人，那個始作俑者：爸。

我將會懲罰他對我們、對母親、對妹妹以及我們一家做出的每一件事。

這一次，我會讓他再也沒有辦法傷害我們。

致謝

首先，我要感謝我優秀的編輯 Diana Pho 和 Romilly Morgan，她們讓這本詭異又有點恐怖的小書成真，她們精闢的看法與見解也讓這本書好得超乎我的想像。我也深深感激 Erewhon Books 與 Brazen Books 的最棒團隊。

謝謝我的優秀經紀人 Nicola Barr 相信這本書——也相信我。我也欠了 The Bent Agency 的美好人們許多恩情，特別是令人敬畏的 Jenny Bent。一路上，有很多人相信著我，見到我自己看不見的事物。謝謝你們鼓勵我、持續為我打氣。

我很幸運能有一群超棒朋友支持我走完全程。我對你們每一個人都心懷感激。我不會吃掉你們的眼睛的。

我要對 Hali 致上百萬感謝，謝謝你忍受我在寫書時提出的各式各樣爛問題。有你當我的好朋友，我三生有幸。

謝謝讀書俱樂部的朋友提供源源不絕的歡笑，並在一切不如預期時鼓勵著我繼續前進。我要特別感謝 Angel 和 Vaibhav，他們擔任我的封測讀者，殷殷不倦看完每一份草稿，包括很糟的那些。

大大感謝 Reddit 上最棒的 r/PubTips 社群。你們讓我知道一個全新世界，能讓擁有雄心壯志的作者在此提問，並提供無價的資源。

謝謝Pearl和Jerry這幾年來給我的愛，謝謝你們相信我的夢想。

我也要把愛獻給弟弟Lawrence和Phillip。我老說自己想要妹妹，但我猜你們也不算太差。

謝謝我的엄마（媽媽），她和這本書中的母親天差地遠，是我認識最強壯、善良又最充滿愛的人。有一次妳跟我說，能遇見像妳這麼好的媽媽是很幸運的。好長一段時間，我不斷思忖著妳選用的詞：遇見。「遇見」一詞意味著某種機率，表示妳之所以成為我的母親，是憑藉純然的機緣與運氣。倘若朝上的是硬幣的另一面，我也可能變成別人的女兒。但我喜歡把這件事想成我們的命、我們的八字。若沒有妳，就不可能有我。

最後，謝謝我最好的朋友與犯罪同謀。沒有你，這本書就不可能誕生。寫作過程向來艱辛，時而寂寥，恍若不可能的任務。可是有你在我身旁，我就覺得自己什麼都能做到。謝謝你為我人生的每一段落帶來無可計量的喜悅。如果讓我再重來，無論多少次我都會選擇你。我愛你。

臉譜小說選 FR6616

眼睛最美味

The Eyes Are the Best Part

原著作者	金智恩（Monika Kim）
譯　　者	林　零
書封繪圖	安品 anpin
書封設計	高偉哲
責任編輯	廖培穎
行銷企畫	陳彩玉、林詩玟
業　　務	李再星、李振東、林佩瑜
副總編輯	陳雨柔
編輯總監	劉麗真
事業群總經理	謝至平
發 行 人	何飛鵬
出　　版	臉譜出版 台北市南港區昆陽街16號4樓 電話：886-2-25007696　傳真：886-2-25001952
發　　行	英屬蓋曼群島商家庭傳媒股份有限公司城邦分公司 台北市南港區昆陽街16號8樓 客服專線：02-25007718；25007719 24小時傳真專線：02-25001990；25001991 服務時間：週一至週五上午09:30-12:00；下午13:30-17:00 劃撥帳號：19863813　戶名：書虫股份有限公司 讀者服務信箱：service@readingclub.com.tw 城邦網址：http://www.cite.com.tw
香港發行所	城邦（香港）出版集團有限公司 香港九龍土瓜灣土瓜灣道86號順聯工業大廈6樓A室 電話：852-25086231　傳真：852-25789337
馬新發行所	城邦（馬新）出版集團 Cite（M）Sdn. Bhd.（458372U） 41, Jalan Radin Anum, Bandar Baru Sri Petaling, 57000 Kuala Lumpur, Malaysia. 電話：603-90563833　傳真：603-90576622 電子信箱：services@cite.my
初版一刷	2025年7月
I S B N	978-626-315-657-9

城邦讀書花園
www.cite.com.tw

售價：420元
（本書如有缺頁、破損、倒裝，請寄回更換）

國家圖書館出版品預行編目（CIP）資料

眼睛最美味／金智恩（Monika Kim）著；林零譯. -- 初版. -- 臺北市：臉譜出版：英屬蓋曼群島商家庭傳媒股份有限公司城邦分公司發行, 2025.07
面；　公分. --（臉譜小說選；FR6616）
譯自：The eyes are the best part.
ISBN 978-626-315-657-9（平裝）
874.57　　114005911